Les éditions de la courte échelle inc.

HC

Paul de Grosbois

Né à Montréal en 1948, Paul de Grosbois a étudié en pédagogie et en éducation physique. Il a enseigné pendant plusieurs années, écrit des textes dans des manuels scolaires et tenu une chronique en littérature jeunesse. Il a publié des nouvelles, des récits et des romans.

Depuis 1983, il partage son temps entre l'écriture et les rencontres de jeunes dans les écoles. Plusieurs des élèves qu'il a vus lors de ces animations sont devenus des personnages de ses romans. Faut-il alors se méfier un peu si on le rencontre...?

Un mal étrange est son septième roman jeunesse et le premier qu'il publie à la courte échelle.

Paul de Grosbois

Un mal étrange

la courte échelle

Les éditions de la courte échelle inc.

Les éditions de la courte échelle inc.
5243, boul. Saint-Laurent
Montréal (Québec) H2T 1S4

Illustration de la couverture:
John W. Stewart

Conception graphique:
Derome design inc.

Révision des textes:
Odette Lord

Dépôt légal, 3e trimestre 1991
Bibliothèque nationale du Québec

Données de catalogage avant publication (Canada)

Grosbois, Paul de

    Un mal étrange

    (Roman+; R+18)

    ISBN 2-89021-167-3

    I. Titre.

PS8563.R59M34 1991   jC843'.54   C91-096400-9
PS9563.R59M34 1991
PZ23.G76Ma 1991

Life is a tragedy for those who feel;
life is a comedy for those who think.

Chapitre 1

Coup de couteau

Au restaurant Chez Hugo, les mains dans la laitue, François Levasseur chantonnait. De bonne humeur, il épongeait vigoureusement les feuilles tendres et croustillantes du début de l'été.

De temps à autre, il jetait un coup d'oeil sur l'horloge, puis sur la salle à manger où les clients commençaient à s'entasser. Le bruit des glaçons dans les verres annonçait le premier service.

François répartissait ensuite les feuilles vertes dans une douzaine d'assiettes creuses et il ajoutait pêle-mêle quelques minces tranches de concombre et de radis. Des touffes de luzerne bien fraîche venaient coiffer ces crudités savoureuses.

— ... et douze salades! lança-t-il, interrompant sa ritournelle.

Au fond de la cuisine, Hugo leva les yeux et sourit de satisfaction: le gros chef moustachu aimait bien sentir la fébrilité s'emparer de son personnel au moment de l'ouverture. Pour lui, c'était là le signe d'une soirée vivante et payante.

Depuis trente minutes déjà, Hugo Demers apprêtait ses viandes, préparait ses sauces et brassait ses potages. Des parfums subtils s'en dégageaient, traversaient les murs du restaurant et s'en allaient racoler les passants.

Une serveuse enjouée entra dans la cuisine, saisit deux plats de salade et sortit aussitôt en donnant le signal du départ:

— Allez, hop! C'est parti...

Un croûton entre les dents, François préparait maintenant des corbeilles de pain chaud. Minutieusement, il couvrait chacune d'une serviette de table quadrillée rouge et blanc.

— Zygote, viens m'aider, lança-t-il à son compagnon qui travaillait à l'écart.

Le garçon abandonna les carottes qu'il pelait et s'approcha de François. Sans dire un mot, il prit des noisettes de beurre et les disposa joliment dans de petits bols refroidis.

Chétif et pâle comme son tablier, le garçon travaillait lentement, mais avec application. C'était la seule raison pour laquelle Hugo le gardait dans sa cuisine.

François avait insisté pour que le chef engage Eric Lindsman que tout le monde appelait Zygote. «À l'essai, quelques semaines... Tu verras bien, Hugo...»

Jusqu'à maintenant, on ne pouvait rien reprocher à Zygote, si ce n'est son manque d'enthousiasme et son silence. Il ne parlait presque jamais. Il exécutait.

«Il m'énerve avec ses maudites lunettes», avait dit un jour le chef cuisinier dans un de ses élans d'impatience. François avait éclaté de rire en entendant l'énormité.

— Avoue, nuança Hugo, que ce n'est pas normal de porter des lunettes noires dans une cuisine aussi mal éclairée.

François souriait toujours. Même s'il était beaucoup plus jeune que son patron, il se sentait très à l'aise avec lui et il ne se gênait pas pour lui exprimer son désaccord, à l'occasion. Le chef poursuivit:

— Un soir, je l'ai vu sortir d'ici vers

minuit. Il faisait noir comme chez le loup. Il a gardé ses lunettes quand même et il a continué son chemin comme si on avait été en plein jour. Un vrai chat. Je ne comprends pas.

— Il est malade, plaidait François, tu le sais. C'est son affaire. La tienne, c'est que les tomates soient bien tranchées.

Zygote n'assistait jamais à ces discussions à son sujet, mais il savait bien que le chef se méfiait de lui. Le garçon craignait d'ailleurs que les regards soupçonneux du cuisinier ne cachent une agressivité farouche.

— Coupe-moi du pain, demanda François, visiblement débordé.

Zygote s'empara d'un long couteau dentelé et le déposa sur sa table de travail. Il enfila de grosses mitaines, sortit deux miches du four et les plaça à côté de l'instrument.

L'instant d'après, il fit un geste qui éleva d'un cran la tension dans cette cuisine déjà surchauffée.

Zygote saisit le couteau tranchant et, au lieu de s'en servir, il le tendit vers le plafond. Il fixait l'objet intensément comme s'il avait voulu admirer les reflets de la lumière sur la lame étincelante.

François disposait des coeurs d'artichauts

sur des feuilles de laitue lorsqu'il l'aperçut. Il arrêta de chanter.

Alerté par cette interruption subite, Hugo se tourna vers Zygote et vit, lui aussi, le curieux comportement du garçon.

Zygote tournait maintenant la pointe du couteau vers sa figure et semblait hypnotisé par l'objet.

François regarda Hugo. Celui-ci, retenant son souffle, la bouche entrouverte, agitait machinalement une grande louche dans son potage. Il suivait la scène avec appréhension.

— Ça va? demanda François sur le ton le plus neutre et le plus calme possible.

— Tout va bien, répondit Zygote en redescendant doucement l'objet sur le comptoir. La lame est croche, ajouta-t-il ensuite en plantant brutalement le couteau en plein centre d'une miche de pain.

Il y eut un silence qui dura quelques secondes.

Puis l'atmosphère s'allégea lorsque chacun reprit son travail. Petit à petit, le va-et-vient des deux serveuses de plus en plus actives redonna vie à la cuisine, et la cadence s'accéléra. François entama la décoration de plats de service et entonna une nouvelle chanson.

Zygote sortit de la cuisine. Il apportait un plateau rempli de tasses et de soucoupes près de la cafetière installée dans la salle à manger. Peu après, un bruit fracassant fit sursauter tout le monde: le garçon venait de laisser tomber une pièce de vaisselle dans un bac d'ustensiles.

Il rentra aussitôt dans la cuisine, la mine basse, dissimulant mal dans sa main gauche une petite assiette ébréchée. Il se rendit jusqu'à la poubelle et y jeta l'objet en haussant les épaules pour signifier qu'il ne l'avait pas fait exprès.

Hugo surveillait la cuisson de ses grillades en se répétant pour lui-même: «... m'énerve! ... m'énerve!» François, perspicace, passa derrière lui, déposa un grand plat de lasagne fumante sur une plaque chauffante et frictionna la nuque du cuisinier tendu pendant quelques secondes.

— Relaxe, Max! lui souffla-t-il avant de s'éloigner vers un gros gâteau Forêt Noire, délice dont tous les clients raffolaient.

**

Dans la salle à manger, l'animation était

à son comble. Un groupe de joyeux lurons fêtaient bruyamment un anniversaire. Les airs connus se suivaient sans interruption, mais tous ne chantaient pas toujours le même refrain...

Plus loin, des touristes américains occupaient trois tables remplies autant de bouteilles de bière que d'assiettes. Ils parlaient fort, comme s'ils avaient voulu couvrir le tapage des fêtards.

Un instant, on se serait cru dans une taverne pour matelots en permission.

Assises en retrait dans un coin de la salle, Josée Landry et Isabelle Patenaude observaient les déplacements gracieux et presque magiques des deux serveuses; malgré le brouhaha, elles parvenaient à servir tout le monde avec rapidité et courtoisie.

Josée regarda sa montre. Elle était sur le point de partir: à 18 h, elle irait prendre son poste à la crémerie d'en face. Nul doute que la soirée chaude qui commençait attirerait une clientèle nombreuse. Elle profiterait donc du confort de sa chaise jusqu'à la dernière minute.

De temps en temps, elle jetait un coup d'oeil vers la cuisine. Plus de vibrations qu'à l'habitude semblaient en émerger.

À ses côtés, Isabelle avait peine à parler. Elle arrivait du journal *La Presse* et elle se sentait crevée. D'abord heureuse d'avoir décroché la place de journaliste stagiaire, elle réalisait aujourd'hui toutes les heures et l'énergie qu'elle devait investir dans son emploi d'été; aucune commune mesure avec le journalisme qu'elle pratiquait au collège pendant l'année scolaire!

Isabelle sirotait sa tisane et songeait à quitter l'endroit, elle aussi. Il y avait trop de bruit dans le restaurant et, manifestement, elle ne pourrait pas parler à François.

À cette heure d'affluence, il était sûrement trop occupé pour penser à elle. Tant pis. Elle irait dormir sans le voir: «Demain, le boulot n'attendra pas, lui», pensa-t-elle.

— Tiens, regarde qui arrive, dit Josée en relevant le menton.

— Le petit génie lui-même, ironisa Isabelle en apercevant dans la porte Louis Bélanger, un professeur de biologie du collège.

— J'espère que l'été va le calmer un peu. Il paraît que ses élèves n'ont rien compris du semestre. Il se croit à l'université.

— Peut-être a-t-il voulu s'imposer, insinua Isabelle. Comme il est arrivé au cours de l'année, il a dû paniquer. Il cherchait sans doute à épater ses collègues, à leur faire voir que les collèges de province sont aussi avancés que ceux des grandes villes. Ça lui passera. Enfin, j'espère.

— Dommage qu'il soit aussi sévère, ajouta Josée, rêveuse. Parce que c'est un maudit beau gars...

Louis Bélanger les aperçut, hésita, faillit aller les rejoindre et se dirigea finalement vers la cuisine.

— Il s'en va voir le Gratton, lança Josée, dépitée.

— Le quoi? demanda Isabelle.

— Le Gratton, répéta Josée. Hugo Demers, c'est un Gratton. Tu ne connais pas Elvis Gratton?...

Isabelle fit une moue en signe d'ignorance. Josée lui donna alors un cours accéléré sur le personnage de cinéma qu'elle associait au chef cuisinier.

— Elvis Gratton, c'est un bonhomme assez grossier, un naïf qui a gagné un concours d'imitation d'Elvis Presley. Il se prend pour une vedette et il se croit tout permis. Il est plein de préjugés et il n'a aucun savoir-vivre. C'est le macho parfait.

— Hugo n'est pas comme ça, tu exagères. Il juge un peu vite, c'est vrai, mais il sait se tenir. Et puis c'est un excellent cuisinier, non?

— Elvis Gratton était probablement un bon garagiste... dit Josée. Hugo Demers en a contre Zygote. Il le critique toujours, sans raison.

— Pourquoi l'appelez-vous Zygote, celui-là? Son nom, c'est Eric...

Josée esquissa le portrait du personnage bizarre qu'était Eric Lindsman. Sorti de l'hôpital en janvier, le garçon s'était inscrit au collège, mais il n'avait suivi qu'un seul cours à cause de son état de santé précaire.

Depuis des années, il passait d'un hôpital à un autre, de ville en ville, sans qu'on puisse diagnostiquer son mal avec précision, sans qu'on sache le guérir.

En dépit de sa maladie, Zygote disait vouloir terminer son cours collégial. Il en était à son cinquième ou sixième collège.

— François m'en a déjà parlé un peu, dit Isabelle. C'est le surnom qui m'intrigue.

— J'y viens, poursuivit Josée.

Au même moment, la porte de la cuisine s'ouvrit, et elles virent apparaître Louis Bélanger. Cette fois-ci, il ne regarda pas vers les deux étudiantes; il se dirigea plutôt directement vers la sortie, ignorant tout du regard insistant de Josée.

— Beau comme ça, ça doit être un homosexuel... soupira Josée.

— Pour juger un peu vite, tu fais le poids, ma grande, une vraie Gratton! s'exclama Isabelle, estomaquée.

Josée rougit et s'esclaffa dans son verre. Elle allait poursuivre son explication lorsqu'une voix l'interrompit avant même qu'elle ne reprenne la parole.

— Allô! Allô!

C'était François. Il s'approcha d'Isabelle et l'embrassa du bout des lèvres. Son tablier taché et la présence de tous les clients l'incitaient à une certaine retenue.

Moins guindée, Isabelle passa un bras autour du cou de François, l'attira vers elle et l'étreignit avec chaleur.

— Je vous laisse à vos amours, dit Josée en se levant. Moi, je m'en vais rafraîchir les estomacs du voisinage.

— Et Zygote?... s'enquit Isabelle.

— Je n'ai plus le temps. Ton charmant compagnon t'expliquera tout ça mieux que moi. À tout à l'heure, les amoureux.

Elle tourna les talons, parcourut la salle

à manger d'un pas pressé et sortit du restaurant.

Elle allait traverser la rue lorsqu'elle aperçut Louis Bélanger qui sortait de la cabine téléphonique collée au mur de l'édifice. Elle le salua et s'engagea entre deux voitures immobilisées.

Le biologiste l'observa pendant quelques secondes, puis rentra de nouveau dans l'établissement.

À la table du fond, Isabelle Patenaude était seule maintenant. Sa courte pause terminée, François était retourné à ses fourneaux. La jeune fille rêvait déjà au bain chaud qu'elle prendrait en arrivant lorsqu'elle vit apparaître, droit devant elle, le fébrile professeur.

— Est-ce que je peux m'asseoir un instant, mademoiselle Patenaude? demanda Bélanger.

Isabelle, qui ne pensait qu'à aller se reposer, lui montra tout de même les chaises libres. L'homme s'assit en face d'elle et entreprit une conversation anodine sur le début des vacances.

Au bout de dix minutes, l'apprentie journaliste prit congé du biologiste qu'elle commençait à trouver sympathique.

Comprenant sa fatigue, Louis Bélanger ne s'en formalisa pas. Sans insister, il accepta volontiers de poursuivre leur entretien un autre jour. Il profita ensuite de la présence de la serveuse venue encaisser l'argent d'Isabelle pour commander un café.

Pendant ce temps, à la crémerie d'en face, coiffée d'un bonnet qu'elle trouvait franchement ridicule, Josée commençait son quart de travail.

Des clients s'approchaient du comptoir, consultaient des affiches appétissantes et réclamaient des desserts énormes et délectables.

C'est en rendant la monnaie à un premier gourmand que Josée vit surgir une ambulance. Et, à son grand étonnement, le véhicule aux gyrophares puissants s'immobilisa brusquement devant le restaurant Chez Hugo.

Elle vit un homme et une femme en sortir à la hâte et se précipiter dans l'escalier menant au restaurant. Aussi, elle vit Isabelle, qui venait de quitter l'endroit, faire demi-tour et courir à l'intérieur.

Chapitre 2

Hugo le magnifique

Quand les ambulanciers réussirent à entrer dans la cuisine — ils avaient dû jouer des coudes pour se frayer un chemin jusqu'aux portes battantes — ils eurent droit à une scène assez curieuse.

Zygote gisait sur le plancher, immobile. À ses côtés, François lui épongeait le front. Tout près, Hugo était à genoux et il agitait un linge à vaisselle au-dessus du corps comme s'il avait voulu attiser un feu.

Immédiatement, la médecin s'accroupit et prit le pouls de Zygote tout en ajustant son stéthoscope. «Éloignez-vous, s'il vous plaît», ordonna-t-elle sèchement. Elle reprit aussitôt son examen.

François raconta que personne n'avait vu ce qui s'était passé, que dix minutes plus tôt, rien ne laissait supposer que Zygote s'affaisserait de la sorte.

— Pas très fort, ce garçon, nota la femme. Combien d'heures par jour le faites-vous travailler? demanda-t-elle au chef cuisinier en soulevant doucement les lunettes du malade.

Penchée sur le visage de Zygote, elle fronça les sourcils. Troublée, elle n'entendit pas la réponse de Hugo. Sans dire un mot, elle replaça délicatement les petites lunettes noires sur les yeux du garçon.

Pressée d'en finir, elle acheva rapidement son examen. Aussi, moins d'une minute plus tard, elle déclara: «On l'embarque.» L'ambulancier qui l'accompagnait sortit chercher la civière.

À l'écart, discrètement installé dans un coin de la cuisine, Louis Bélanger était songeur. Rien ne lui avait échappé: il avait bien vu le malaise de la médecin lorsqu'elle avait soulevé les lunettes de Zygote et surtout, il avait remarqué l'étonnante rapidité de ses gestes par la suite.

Le brancardier apparut et on procéda au transport de Zygote.

— Quelqu'un parmi vous est-il parent avec lui? Avez-vous averti sa famille? demanda coup sur coup la médecin.

Louis Bélanger sauta sur l'occasion.

— Je m'en occupe, dit-il en s'approchant.

Il prit en note l'adresse de l'hôpital et demanda un premier diagnostic.

— C'est un évanouissement comme on en voit tous les jours, répondit la médecin. C'est dû à la fatigue sans doute. Ce jeune homme a le coeur très faible. Ses parents devraient se présenter à l'urgence le plus tôt possible.

— Je ferai le nécessaire, madame, assura Bélanger en suivant le cortège.

***

De l'autre côté de la rue, prisonnière de sa patronne, Josée Landry trépignait d'impatience. Depuis l'arrivée de l'ambulance, elle cherchait à deviner ce qui avait pu se passer à l'intérieur du restaurant.

Sa patronne, France Gervais, refusait de la laisser aller aux nouvelles: les files d'attente étaient trop longues et, de plus, quelques familles arrivaient dans le stationnement.

À trois reprises, entre deux cornets, elle avait tenté d'appeler Chez Hugo, mais la ligne était toujours occupée. On avait sûrement décroché l'appareil.

Des clients quittaient le restaurant. Josée supposa que c'étaient les fêtards qui avaient décidé de partir.

On sortait la civière. L'homme et la femme la plaçaient dans le véhicule luminescent derrière lequel une voiture de police venait de se garer. En moins de deux, tout était fini, tous étaient partis.

D'autres clients quittaient les lieux. Dans le groupe, Josée reconnut la silhouette de Louis Bélanger qui courait vers sa voiture.

Qui donc s'était blessé? Un client s'était-il trouvé mal? Hugo Demers avait-il...? Non, quand même..., pensa-t-elle.

— Madame Gervais... demanda encore Josée.

— Je regrette, Josée, répondit la femme compatissante. Tout à l'heure peut-être, s'il y a une accalmie. Tu vois bien que c'est impossible maintenant.

— Est-ce que je peux appeler Yvan? Il me remplacerait.

— Deux bras, c'est deux bras, jugea la

patronne compréhensive.

Josée sauta sur le téléphone tout en continuant son service. «Ré...ponds, mon grand Yvan, répétait-elle les dents serrées, ré...ponds si...non...»

***

Quinze minutes plus tard, assis à une grande table de la salle à manger, Isabelle, François et Hugo reprenaient leurs esprits. La plupart des clients étaient partis et on commençait à respirer mieux.

Le chef n'avait mis personne à la porte, mais il l'avait tenue fermée aux nouveaux arrivants. Il avait eu sa part d'émotions et il n'en cherchait pas davantage.

— J'ai l'impression que Zygote ne reviendra pas travailler ici, dit François comme s'il avait voulu prévenir la colère de Hugo.

Étonnamment, le cuisinier fatigué n'explosa pas. Il déposa calmement sa tasse de café sur sa soucoupe et se croisa les bras.

— Je ne le déteste pas tant que ça, dit-il. Je le trouve juste un peu *feluette*. Ses parents, qu'est-ce qu'ils font?

— Je ne les ai jamais vus, répondit

François. Ce sont des Américains. C'est pour ça qu'il a un petit accent. Quand il dit son nom, il prononce *Airik,* à l'anglaise.

— Ils habitent ici? demanda Isabelle.

— Oui, je suppose. Je n'en sais pas tellement plus que vous. J'ai suivi le cours de Bélanger avec lui, et nous nous sommes parlé quelques fois. Il cherchait un emploi d'été. Je pensais l'aider...

— Pourquoi l'appelez-vous Zygote? demanda encore Isabelle qui n'avait toujours pas eu d'explication depuis le départ de Josée.

— C'est vrai que c'est un drôle de nom pour quelqu'un qui zygote si peu, lança grossièrement Hugo en riant très fort.

Isabelle se rappela l'exposé de Josée sur Elvis Gratton et décocha un regard réprobateur au chef. L'homme se réfugia dans sa tasse de café, déçu d'être aussi peu apprécié de son auditoire. Mal à l'aise, il sortit un stylo de sa poche de chemise et commença à griffonner sur un napperon en papier.

— C'est en suivant le cours de Bélanger que je lui ai donné le surnom, dit François. On étudiait la reproduction par clonage.

Les yeux de ses interlocuteurs s'écarquillèrent.

— Le clonage, c'est une technique qui permet de produire des individus tous semblables; on l'utilise beaucoup dans l'élevage des bovins. Supposons que ton père et ta mère font l'amour, et qu'un spermatozoïde féconde un ovule, enchaîna-t-il en regardant Isabelle dans les yeux, ça donne une nouvelle cellule, un embryon. C'est ça, un zygote; c'est comme un oeuf fécondé. L'embryon se développe et devient un bébé.

— Et le clonage...

— C'est un peu plus compliqué, reprit François. Pour simplifier, je vais utiliser un exemple: admettons que je sois un individu super fort, super beau et super intelligent. Ce qui est le cas, mais personne ne veut le reconnaître...

— Continue, insista Isabelle charmeuse, ça m'intéresse...

— On prend une de mes cellules, on en prélève le noyau et on le substitue à celui contenu dans l'embryon de tes parents. Le tour est joué.

— C'est-à-dire? demanda Hugo.

— Au bout de neuf mois naîtra un beau petit François... Patenaude! Identique au beau gars que je suis. Ça se passe comme si tu changeais le jaune d'un oeuf contre un autre. Il y a des dizaines de milliers de vaches qui sont *produites* de cette façon. Elles sont toutes *jumelles,* si tu veux.

— C'est donc pour ça qu'elles ont toutes un *air de beu,* lança Hugo, encore seul à savourer son mot d'esprit.

Au même moment, Isabelle imaginait le monde rempli de beaux petits François. Le cuisinier venait de lui rappeler qu'en cas d'erreur, il pourrait tout aussi bien être peuplé de Hugo Demers... Elle remit vite les deux pieds sur terre et se dit que, finalement, il valait mieux laisser agir la nature.

— C'est ce jour-là que je l'ai appelé Zygote, poursuivit François. Entre deux cours, il m'a appris qu'il avait été fécondé *in vitro.* Il se demande d'ailleurs s'il n'y a pas eu une erreur de manipulation: ses yeux sont mal formés.

— *In vitro?* s'étonna le cuisinier.

François lui expliqua qu'une fécondation *in vitro* consiste à unir un spermatozoïde et un ovule en laboratoire plutôt que de laisser jouer le hasard dans le ventre de la mère. Une fois l'embryon formé, on le réinsère dans l'utérus de la mère, et la grossesse se poursuit.

— Beaucoup de couples qui se croient stériles utilisent cette technique, conclut-il.

— C'est comme farcir une dinde, si je comprends bien...

— Franchement, monsieur Demers!... s'écria Isabelle, scandalisée. Je trouve que là, vous y allez un peu fort!

— Excusez-moi, mademoiselle, je ne voulais pas vous offusquer. Vous comprenez, moi, je compare toujours avec ma cuisine... dit le chef en retournant à son napperon.

— Qu'est-ce que tu écris là-dessus? lui demanda François qui n'en pouvait plus de retenir son rire. Comptes-tu les pertes de la soirée?

— Non, répondit l'homme sérieusement. J'essaie de voir combien ça vaudrait *zygote* au scrabble...

Désespérée, Isabelle leva les yeux au plafond et résolut que cette fois rien ne l'empêcherait de partir.

Isabelle Patenaude se trompait. Rendue à la porte, elle vit Josée traverser la rue en courant. Son amie semblait affolée.

Chapitre 3

Moi, Zygote

Dans l'ambulance, Zygote revenait à lui, lentement:

Ça bouge... Tout bouge...

Ah oui! l'ambulance. On m'amène à l'hôpital. Encore. J'espère que tout va se régler cette fois-ci. Les mascarades, je commence à en avoir marre.

Il y a sûrement quelqu'un à côté de moi. Un médecin, un infirmier. J'entends des feuilles qu'on tourne, un crayon qui s'use sur le papier. C'est ça: écris ton rapport, mon bonhomme. On n'en est pas à une ligne près à mon sujet.

Tiens, c'est une femme. Du moins, je pense. Il y a un de ces parfums qui flotte dans l'air... Ce n'est sûrement pas un gars qui sent bon comme ça.

Je me demande si elle est belle. Ne pas regarder; si je bouge, elle va se rendre compte que je suis réveillé, et les questions vont commencer.

À chaque nouveau médecin, c'est pareil. Oui, ma pression artérielle est élevée, je le sais. Depuis quand? Depuis toujours. Des étourdissements? Oui, souvent. C'est écrit dans mon dossier; tout est là, docteure.

Oui, oui, je me nourris bien. Oui, je prends mes médicaments. Mes yeux? Ça aussi, c'est dans le dossier, madame. C'est congénital. C'est laid, n'est-ce pas? J'ai appris à vivre avec ça. Soyez sans crainte: mon psychologue et mon psychiatre me suivent de près. Deux boulets que je traîne. C'est pour ça que je n'avance pas vite.

Mes psys, c'est mon père qui les a mis à mes trousses. C'est lui, mon père, qui va me guérir. Il me l'a promis. Depuis ma naissance qu'il s'en veut, qu'il cherche à réparer l'erreur qu'il pense avoir commise.

Il y a vingt ans, il a rencontré une femme qui s'appelait Cindy. Ils se sont croisés sur une plage à Santa Barbara; c'est à côté de chez moi, en Californie. Ce fut le coup de foudre, ils sont tombés amoureux et ils se sont mariés. Tout ça pendant la première année. Puis ils ont essayé d'avoir des enfants, mais ça n'a pas marché.

À cette époque-là, mon père travaillait à Ventura dans un centre de recherches en génétique. Comme les fécondations en laboratoire étaient chose courante pour lui, régler le problème devenait un jeu d'enfant, si je puis dire.

On m'a conçu dans une fiole, on m'a transvasé dans le ventre de ma mère, et elle m'a porté. (Le genou me picote. Si je me gratte, la femme va s'en apercevoir. Ouille! ouille! ça chatouille! Ah!... ça s'en va.) Où en étais-je? Ah oui! ma *fabrication*.

Quand je suis né, mes parents ont eu toute une surprise. Une très mauvaise surprise: j'étais presque aveugle. J'avais les iris fractionnés. Je les ai encore d'ailleurs.

Vous avez bien vu mes yeux, docteure? Une belle déformation, n'est-ce pas? Deux trous de vieilles serrures, deux triangles croches remplis de sang. Colobome de l'iris. Joli nom, vous ne trouvez pas, docteure?

Cindy ne l'a pas pris. Je suis convaincu qu'elle s'est suicidée. Mon père a dit que c'était un accident, mais je ne le crois pas.

J'avais deux ans quand c'est arrivé. Un matin, elle est partie en voilier sur le Pacifique. Elle n'est jamais rentrée à la marina. Le lendemain, on a retrouvé le bateau au large. Il était vide.

Trois jours plus tard, la mer nous a rendu ma mère. Des passants l'ont trouvée morte sur une plage. Elle s'était noyée. Moi, je ne crois pas à cette histoire d'accident.

À la maison, j'ai encore la collection de trophées que maman avait remportés lors de compétitions de voile. J'ai même une photo d'elle dans ma valise; on la voit en train de recevoir un prix sur son voilier. (J'ai le bras droit engourdi. Bouger un petit peu. Voi...là.)

— Ça va mieux, jeune homme?

Elle m'a vu, la petite futée. À moins que ce ne soit ma respiration qui m'ait trahi. Je ne lui réponds pas tout de suite. Après tout, c'est normal de ne pas parler quand on reprend ses esprits.

Et puis l'hôpital ne doit plus être très loin: l'interrogatoire ne pourra pas durer longtemps. Tiens, je lui dirai deux mots juste avant d'arriver. Ça la rassurera.

Elle a une voix douce. Comme cette fille

qui travaille à la crémerie. Josée, je crois. Quand elle est entrée dans le restaurant tout à l'heure, j'ai laissé tomber une assiette pour attirer son attention. Je n'ai eu droit qu'aux gros yeux du chef.

Parlez-moi des filles, docteure. C'est plus intéressant que les tests d'urine et les biopsies. Si vous saviez comme j'aimerais serrer une fille dans mes bras, moi aussi. On dirait qu'elles ont peur de me briser. Elles se méfient de moi, comme si j'avais la peste ou le sida.

La seule personne qui me fasse confiance, c'est François. Lui, il est correct, François. Il ne connaît pas le fin mot de ma maladie, mais ça lui importe peu. Il est prêt à m'aider, c'est tout.

C'est à cause de lui si je me suis inscrit au cours de biologie, même si j'en ai pardessus la tête de la science et de ses chercheurs. Le cours, j'aurais pu le donner, je pense. Mais comme François est un des rares individus qui sympathise avec moi, je n'ai pas hésité.

Quand je serai guéri, je vais l'inviter chez moi. Je pense qu'il aimerait la Californie. En fait, je pourrais l'amener partout où je suis allé, dans toutes les villes qui ont un grand centre de biotechnologie. Ma solitude me pèserait moins.

Parce qu'il n'y a pas que mes yeux qui soient un problème, docteure. Il y a aussi la solitude. Surtout, devrais-je dire.

Oh! bien sûr, il y a des équipes qui me prennent en charge chaque fois que j'entre dans un centre, et je rencontre beaucoup de gens, mais je n'ai le temps de m'attacher à personne. Si par hasard quelqu'un s'intéresse à moi et que j'essaie de m'en approcher, hop! c'est l'heure de se laisser. J'enlève ma longue chemise, je fais mes valises et je me dépayse. Maudite jaquette!

Ce sera pareil avec François. Ou avec cette Josée que j'aimerais bien connaître un peu plus. Aller lui commander un gros cornet et le lécher lentement en la regardant dans les yeux. Ça la choquerait peut-être, mais j'aurais au moins eu le plaisir de manquer mon coup.

— Ton pouls est normal, Eric.

Je lève la main, comme si j'avais compris.

— Tu ne veux pas me parler?

Perspicace, la madame. Je vais attendre trente secondes encore. Tiens, la prochaine fois qu'elle me parle, je lui réponds. Allez, vas-y, je suis prêt. Elle soupire. Soupir compte pas, docteure. Parlez-moi! Pas un mot? Tant pis.

J'ai hâte d'arriver. Il paraît que le centre de recherches de Montréal est tout nouveau. Il est à la fine pointe de la technologie, comme on dit. Mon chercheur de père a enfin réussi à y dérober ce qu'il faut. Déjà six mois que nous sommes ici, et aucune intervention chirurgicale n'a été pratiquée... C'est cette nuit que je vais savoir si l'opération va réussir. J'espère.

Ce n'est pas très légal ce qui se trame autour de moi. Les opérations sont toujours tenues secrètes parce que trop poussées, trop osées. Des gens m'ont dit que c'était dangereux, que je pourrais en mourir. Des fois, j'ai peur; des fois, je m'en moque.

Ce que je veux, c'est guérir, courir pour attraper l'autobus, passer une journée dans des manèges excitants, embrasser des filles.

Alors, ce soir, j'ai pris mon comprimé pour simuler l'évanouissement. Mon père a enfin réussi à s'infiltrer dans le personnel de l'hôpital. Il va pratiquer l'intervention lui-même. Il va m'implanter des gènes qu'il a manipulés.

Il a bien essayé de m'expliquer ce qu'il

ferait, mais je ne suis pas sûr d'avoir tout compris. C'est infiniment petit, les gènes...

Il m'a dit que chaque individu a une sorte d'alphabet en lui. Au lieu d'avoir vingt-six lettres, il y en aurait des dizaines de milliers. Ce sont les gènes.

On en connaît quelques centaines. C'est comme s'il y avait trois mille personnes dans mon quartier et que je n'en connaissais que trente ou quarante. Je sais que les autres existent, mais j'ignore où ils habitent, ce qu'ils mangent, ce qu'ils font.

Ce sont eux, les gènes, qui déterminent le sexe de l'individu, le grain de sa peau, la couleur de ses cheveux, de ses yeux, etc. Quand le bébé se forme, les lettres s'écrivent, une par une, comme si quelqu'un les faisait apparaître sur l'écran d'un ordinateur en pianotant sur le clavier.

À ma naissance, il manquait des lettres... Que s'est-il passé entre l'ordinateur et l'imprimante? Personne ne le sait.

On a commencé par chercher les lettres manquantes; on en a trouvé plusieurs. Mon anémie pourra être traitée. Mes pneumonies répétées aussi. C'est déjà ça.

Le gros problème, c'est l'état de mes iris. On a trouvé les lettres manquantes, on peut les écrire, mais elles s'effacent toujours. C'est bien compliqué. Et fatigant.

Je dois avaler mille et une pilules pour faire agir d'autres produits dont je ne connais même pas le nom. Je me sens de plus en plus faible et de moins en moins intelligent. J'ai souvent des pertes de mémoire. J'ai hâte que ça finisse.

Le mois dernier, j'ai failli tout raconter à François. Je lui ai parlé de ma *fabrication*. Il m'a écouté avec beaucoup d'attention, comme un ami. Il aime les sciences, lui. Probablement parce qu'il n'est jamais malade.

À la fin de mon discours, il m'a dit que j'étais *un drôle de zygote*. Ça m'a fait rire, et le surnom m'est resté.

Mais ce soir-là, enfermé dans ma chambre, je ne riais plus. Je pleurais. Je venais de réaliser qu'il y avait des mois que je n'avais pas ri.

— On arrive à l'hôpital, Eric.

— Je... Est-ce que je peux vous demander quelque chose, docteure?

— Mais oui, Eric.

— Embrassez-moi, s'il vous plaît, madame, ça me ferait du bien...

Chapitre 4

Des coeurs qui battent

Josée entra en coup de vent au restaurant Chez Hugo.

On s'étonna de sa présence, elle qui devait travailler jusqu'à minuit.

— Yvan me remplace, expliqua-t-elle, essoufflée. Je voulais en avoir le coeur net.

Elle se laissa tomber sur une chaise et écouta le récit des événements que lui firent François et Isabelle. Quand elle apprit qu'il s'agissait de Zygote, elle parut d'abord étonnée puis, après quelques secondes, plutôt préoccupée: dans sa tête, trop d'informations se bousculaient.

— Avez-vous eu des nouvelles? demanda-t-elle enfin. À l'heure qu'il est, on a dû s'occuper de lui.

— Pas encore, répondit Isabelle.

— À l'heure qu'il est, répéta Hugo, il doit dormir sur une civière dans un corridor de l'urgence. Aujourd'hui, si tu veux survivre, tu as intérêt à éviter les hôpitaux.

Josée haussa les épaules.

François prétendit que Louis Bélanger appellerait, ou qu'il viendrait au restaurant après l'admission de Zygote.

— Il s'est passé autre chose, ajouta Josée, toujours perplexe.

On l'invita à poursuivre.

— En venant me remplacer à la crémerie, Yvan est passé devant le collège. Il dit qu'une opération policière s'y déroule. Il a vu un périmètre de sécurité du côté de l'aile ouest, et plusieurs policiers qui circulaient.

Hugo fut le premier à réagir. Il revoyait Louis Bélanger expliquer à la médecin qu'il passerait au collège prendre les coordonnées des parents de Zygote. François s'en rappelait, lui aussi.

— On y va? suggéra Isabelle, flairant le reportage.

— Venez, lança Hugo qui détachait son tablier, ma camionnette est dans la cour.

Deux minutes plus tard, tous s'entassaient dans le véhicule bleu foncé du cuisinier, un Ford Econoline aménagé au goût du personnage. «Quelle horreur!» pensa Isabelle en s'assoyant sur un siège recouvert de peluche rouge. Un nuage de poussière en sortit et envahit l'intérieur.

Josée et François montèrent à leur tour et prirent place sur des sièges tout aussi invitants.

— Elvis Gratton en avait un pareil, murmura Josée à Isabelle.

À l'avant, deux gros dés en mousse caoutchoutée étaient suspendus au rétroviseur. Du tapis à poil long recouvrait murs et plafond. À l'arrière, des pompons minuscules encerclaient deux hublots et s'agitaient au moindre soubresaut du véhicule. Pour ajouter un peu d'éclat, le cuisinier avait suspendu un gros chat en plastique jaune à l'une des vitres; à chaque freinage, les yeux de l'animal s'illuminaient.

— J'ai tout installé moi-même, déclara fièrement Hugo devant le regard ébahi de ses passagers.

«On s'en serait douté», pensa Josée.

Hugo tourna la clé et démarra. Après deux ou trois pétarades successives et quelques étranglements, le moteur se mit finalement à tourner rond, et la camionnette s'engagea lentement dans la rue.

Le cuisinier parlait sans arrêt. Il était soudainement tout joyeux, convaincu de servir une bonne cause. C'était lui, le héros, l'être indispensable sur qui on pouvait compter.

Gonflé d'orgueil, Hugo roulait d'ailleurs plus vite qu'à l'habitude, au grand inconfort de ses passagers qui perdaient l'équilibre à chaque virage.

Ils arrivèrent au collège vers 20 h. Dès leur entrée dans le stationnement, ils aperçurent la zone protégée ceinturée d'un large cordon rouge.

Des passants à l'affût de nouvelles fraîches se pressaient sur les lieux. Isabelle remarqua aussi la voiture d'un reporter de la radio garée près de celles des policiers.

Aussitôt descendus de la camionnette, les quatre occupants se mêlèrent au groupe de curieux et entendirent circuler les rumeurs les plus diverses. La plus persistante annonçait la chute d'un homme du quatrième étage.

«L'étage des labos, pensa Isabelle. Il faut que j'aille voir.» Elle ouvrit son sac, chercha un peu et sortit sa carte de presse qu'elle avait reçue le jour même.

Sans hésiter, elle franchit le cordon de sécurité et se dirigea vers l'entrée principale du collège. Un policier l'intercepta et lui interdit l'accès aux marches menant au hall d'entrée.

De loin, Josée et François virent Isabelle discuter, exhiber sa carte et gesticuler furieusement. Le policier parut céder et lui indiqua un endroit le long du mur.

La journaliste longea l'édifice et disparut derrière les buissons. Peu après, une fourgonnette noire arriva. En roulant sur le gazon, son conducteur se dirigea vers le lieu de l'incident, juste là où Isabelle s'était rendue.

— La morgue, murmura François.

Josée leva la tête et aperçut une fenêtre ouverte au quatrième étage. Deux hommes y étaient appuyés et semblaient discuter.

— Penses-tu que c'est Bélanger? demanda François.

— Je pense comme toi: j'espère que non.

Hugo les rejoignit et lâcha un commentaire.

— Si une cantine s'installait ici, dit-il débonnaire, son propriétaire ferait sûrement fortune.

Abasourdis, François et Josée se regardèrent, mais ne répliquèrent pas. Hugo était une cause perdue. Et puis on recommençait à bouger le long du mur.

Le fourgon quitta l'endroit et emprunta une route de service pour éviter la foule. Au même moment, Isabelle réapparut dans leur champ de vision; elle courait vers l'entrée principale.

Arrivée à l'escalier, elle reprit sa discussion avec le policier de faction. Visiblement, elle voulait entrer, mais lui s'y opposait.

Les combattants durent bientôt se ranger sur le côté et laisser passer deux policiers qui sortaient de l'immeuble. Josée, François et Hugo se figèrent sur place lorsqu'ils reconnurent Louis Bélanger, menottes aux poignets, marchant entre les deux hommes.

***

Trente minutes plus tôt, l'ambulance transportant Zygote entrait en trombe dans la longue allée menant à l'urgence de l'hôpital du Sacré-Coeur. Après quelques virages négociés en douceur, le lourd véhicule s'arrêta net devant les portes coulissantes qui s'ouvrirent automatiquement.

Deux employés de l'hôpital accoururent et sortirent le malade de l'ambulance. La médecin plaça une enveloppe sur le thorax de Zygote et se pencha au-dessus de son visage.

— Bonne chance, Eric, souffla la femme.

Zygote ne répondit pas. La médecin vit néanmoins un sourire se dessiner sur ses lèvres et elle s'en trouva satisfaite.

Les infirmiers prirent le patient en charge et poussèrent la civière à l'intérieur. Au même moment, un préposé glissa un nouveau brancard dans l'ambulance. À son bord, la docteure Estelle Chicoine se demandait encore si elle n'avait pas rêvé.

Zygote, lui, maintenant pleinement conscient, cherchait à deviner la suite des événements. C'était sa première entrée illicite dans un hôpital et il souhaitait de tout cœur que son père vienne rapidement le récupérer.

Aussi, il se sentit rassuré lorsqu'un médecin, après avoir parcouru le contenu de l'enveloppe, l'envoya en ophtalmologie.

— Sous observation pour vingt-quatre heures, indiqua-t-il aux infirmiers.

Après un long périple au cours duquel ascenseurs et couloirs se succédèrent sans interruption, Zygote se retrouva dans une grande chambre où on le transféra sur un lit confortable.

On le laissait seul, enfin.

Fatigué, il respira profondément et tenta de faire le vide, d'oublier les heures et les efforts passés. Malgré lui, il s'endormit.

Son repos fut de bien courte durée. À peine avait-il commencé à rêver que la porte de la chambre s'ouvrit brusquement, projetant la lumière éclatante du couloir dans toute la pièce.

— *Dad,* c'est toi? demanda-t-il, joyeux.

Il déchanta.

C'étaient un autre médecin et une infirmière qui entraient. Ils venaient satisfaire leur curiosité, eux aussi, une pratique que Zygote détestait. Cette manie qu'avaient les gens de le considérer comme un objet rare, presque comme une pièce de collection, l'irritait au plus haut point.

Le médecin consulta la fiche accrochée au pied de son lit, s'approcha et fit les présentations. Puis il invita l'infirmière à le rejoindre. Il souleva lentement les lunettes de Zygote.

Comme beaucoup d'autres, les deux visiteurs ne purent dissimuler leur malaise en apercevant les yeux du garçon.

La malformation était évidente, surprenante: une fissure partant du milieu de l'oeil s'étendait en s'évasant jusqu'à la base de l'iris. Dans cette cavité, un renflement rouge et luisant occupait tout l'espace et débordait légèrement sur les parties intactes. On aurait dit une grosse larme de sang, figée dans un écrin, suspendue là pour l'éternité.

Le médecin retint son souffle, et l'infirmière se retourna pour tousser. Zygote comprit qu'elle cherchait à dissimuler ses haut-le-coeur.

Les deux spectateurs échangèrent ensuite des observations à caractère médical en examinant les yeux de Zygote sur toutes les coutures. Ils manipulèrent ses paupières délicatement, les ouvrirent à l'extrême, les refermèrent.

Le garçon perçut des mots et des bribes de phrases qu'il avait entendus une douzaine de fois déjà: «... bras court du chromosome 4... colobome... cinquième semaine de vie intra-utérine... conséquences visuelles minimes...»

Zygote soupira. C'était ce qu'il lui fallait endurer pour espérer en finir. L'infirmière lui serra le bras, comme pour sympathiser, ou pour lui donner du courage.

— Je n'en mourrai pas, vous savez, dit-il, ironique. Je serai bientôt guéri. Le Dr Lindsman s'occupe de moi.

La petite phrase lui avait échappé.

Il s'en mordit les lèvres aussitôt après l'avoir prononcée. Personne ne devait savoir que l'intervention aurait lieu. Tenu au secret, Zygote avait prononcé un mot de trop. De plus, il venait d'annoncer le viol d'une autre règle, celle qui interdit au médecin d'opérer son enfant.

Convaincu de s'être trahi, il sentit la nervosité s'emparer de tout son corps, comme si elle avait circulé dans ses veines.

Angoissé, il surveillait la réaction de ses deux visiteurs.

Le médecin écrivait sur une fiche et ne paraissait pas avoir prêté attention à la précision maladroite. L'infirmière, elle, semblait chercher dans sa mémoire.

— Je pense avoir vu son nom au poste, tout à l'heure. Il est en service ce soir, je crois. Le Dr John Lindsman est votre père?

— Venez, dit le médecin à l'infirmière; nous en avons trois autres à voir.

Peu après, alors que la porte de la chambre se refermait doucement, Zygote poussa un long soupir de soulagement. L'interruption du médecin avait brutalement mis fin aux réflexions de l'infirmière dont les questions auraient pu devenir gênantes.

Cinq minutes après, apaisé, il n'entendait plus son coeur lui marteler le thorax. Sa confiance reprenait le dessus, l'espoir revenait. Il s'endormit de nouveau et rejoignit Josée-la-crémière là où il l'avait laissée dix minutes auparavant.

Chapitre 5

Les secrets de l'un,
les trouvailles de l'autre

Le lendemain, dans la salle de rédaction du journal *La Presse*, Isabelle lisait la nouvelle discrètement insérée en bas de la page 10.

Chute mortelle
Hier soir, au collège Bois-de-Boulogne, un homme est mort à la suite d'une chute du quatrième étage de l'immeuble. L'individu âgé d'environ trente ans faisait partie du personnel de soutien de l'institution où il travaillait au moment de l'accident.
À leur arrivée sur les lieux, les policiers ont procédé à l'arrestation d'un professeur du collège qui est considéré comme un té-

moin important dans cette affaire. En effet, l'état des vêtements de la victime laissait croire qu'une altercation avait eu lieu avant la chute du malheureux. Une autopsie sera pratiquée.

Au moment d'aller sous presse, l'interrogatoire du suspect se poursuivait, et il était encore impossible de savoir si des accusations seraient portées prochainement.

Isabelle laissa tomber le journal devant elle, incrédule. Les questions qu'elle s'était posées pendant une partie de la nuit revenaient la hanter. Que faisait donc Louis Bélanger au quatrième? Le secrétariat était au deuxième étage... S'était-il querellé avec le concierge? À quel sujet?

Qu'est-ce qui avait pu provoquer un tel débordement? Le simple refus d'ouvrir la porte du bureau du registraire? Insensé. Même énervé, on ne tue pas pour si peu...

— Bonjour, mademoiselle Patenaude.

Isabelle sursauta. Réfugiée dans ses réflexions, elle n'avait pas vu arriver Yannick Valois, le journaliste qui supervisait son stage au journal.

— Je vous ai fait peur. Excusez-moi, bafouilla le grand gaillard grisonnant. Vous ressemblez à quelqu'un qui n'a pas beaucoup dormi...

— Non. Euh!... oui. C'est l'histoire du collège qui me dérange. J'étais là, hier soir.

Elle lui tendit la page du journal. Il lut le court article et écouta ensuite son résumé des événements de la veille. Attentif, le journaliste expérimenté perçut tout de suite l'intérêt d'Isabelle pour le sujet.

— Vous êtes montée au quatrième? lui demanda-t-il.

— Les policiers m'en ont empêchée.

— Croyez-vous qu'ils soient encore là, ce matin, ces policiers?...

— Je... Je ne penserais pas.

— Et ce jeune homme, Eric... Zygote... qu'est-il devenu?

— Je n'en sais rien, admit-elle.

— Alors, qu'est-ce que vous faites ici, mademoiselle Patenaude? lança-t-il, provocateur.

Après quelques secondes d'hésitation, Isabelle arbora un large sourire qui traduisait bien sa joie profonde: enfin, on lui confiait un reportage, comme à une *vraie* journaliste!

Elle reçut la mission en véritable cadeau et elle ne put s'empêcher de poser un baiser bien sonore sur le front de Yannick Valois. Celui-ci en resta bouche bée. Puis, recouvrant ses esprits:

— Il y a deux ans, j'ai écrit une série d'articles sur les homicides en milieu de travail. Ça pourrait vous aider. Ils seront sur votre pupitre à 15 h. Vous viendrez me faire votre rapport à ce moment-là.

— Comptez sur moi, dit-elle en se levant rapidement.

Exubérante, Isabelle traversa la salle de rédaction en vitesse. Le journaliste eut à peine le temps de la voir disparaître. Il s'épongea le front et retourna à son bureau sans prêter attention aux ricanements de quelques collègues qui n'avaient rien perdu de la scène.

**

Au restaurant Chez Hugo, portant le tablier de Zygote, Josée pelait des pommes de terre. À la demande de François, elle avait accepté de remplacer l'absent pendant quelques jours, le temps de trouver un aide-cuisinier permanent.

L'idée de travailler pour Hugo ne l'enchantait pas particulièrement, mais celle de gagner un salaire supérieur pendant trois ou quatre jours rendait la pilule plus facile à avaler. D'ailleurs, elle aimait bien la compagnie de François dont la bonne humeur était contagieuse.

— As-tu des nouvelles? demanda-t-elle à son compagnon de cuisine.

— Non. Je ne sais rien de plus qu'hier. Hugo m'a montré un court article dans *La Presse*. Rien de nouveau.

— Et Zygote?

— J'ai appelé deux fois à l'hôpital. Personne n'a pu me renseigner. Je vais y aller cet après-midi. Ils doivent être encore tout mêlés dans leurs papiers.

— Qu'est-ce qui a poussé Bélanger à faire ça? demanda Josée qui réfléchissait tout haut.

— Pousser, c'est le bon mot, laissa tomber Hugo qui passait par là.

Du même souffle, il ajouta:

— Quand tu auras terminé, ma belle, tu couperas des oignons. On va préparer une bonne sauce à spaghetti.

Le cuisinier repartit sur-le-champ et s'enfuit dans la salle à manger.

— Comment fais-tu pour travailler avec un olibrius pareil? demanda Josée qui songeait déjà à démissionner.

— Il est un peu bizarre, c'est vrai, mais c'est un bon diable, répondit François. Tu as vu, hier, c'est lui qui nous a amenés au collège.

Josée n'osa pas argumenter davantage. Elle voyait bien que François éprouvait une certaine affection pour Hugo; discuter encore risquait d'effriter leur relation. D'autant plus qu'il devait passer tout l'été là, lui...

— J'ai appelé Isabelle, ce matin, dit-elle pour faire diversion. Elle n'a presque pas dormi.

— Je sais. Je l'ai appelée aussi. Elle prend son travail trop à coeur.

— Chaque fois que quelqu'un cherche à bien faire son travail, il y en a toujours un pour dire que c'est du zèle, marmonna Josée en tranchant un premier oignon.

À son tour, François jugea bon de ne pas la contredire. Ce à quoi il pensait, c'était aux massages qu'il prodiguait à Isabelle pour l'amener à se détendre. Bien souvent, elle s'endormait à la suite de ses bons soins et de ses caresses. Il aurait plutôt préféré qu'elle lui rende la pareille.

Sous l'effet des oignons, Josée pleurait

maintenant à chaudes larmes. Malheureusement pour elle, c'est à ce moment précis que Hugo entra dans la cuisine.

— Ne pleure pas, ma belle, lança le cuisinier, il va revenir, ton Zygote.

— Pourquoi dites-vous ça? pleurnicha Josée. Je lui ai parlé deux fois, je pense. Il ne m'inspire vraiment pas.

— Lui, c'est le contraire, précisa François. Il aimerait bien t'approcher, mais il ne sait pas comment faire. Il est tout-pris-par-en-dedans.

Josée ravala sa salive. Elle ne s'attendait pas à pareille révélation. Jamais elle n'aurait imaginé un seul instant que Zygote s'intéressait à elle.

«Il est encore plus malade que je ne le pensais», se dit-elle en cherchant un mouchoir dans une des poches de son tablier où ses doigts rencontrèrent un petit objet.

C'était un contenant de comprimés appartenant à Zygote. Il était vide. Elle examina le flacon: aucune identification, aucun nom, aucune précision sur le contenu. Elle le déposa sur une tablette, juste devant elle. François s'en empara.

— C'est à Zygote? demanda-t-il.

— Je l'ai trouvé dans une de ses poches.

— Curieux: il ne prenait jamais de médicaments ici. Enfin, c'est ce que je croyais.

— François! Téléphone! cria une voix en provenance de la salle à manger.

Une minute plus tard, il était de retour dans la cuisine.

— C'était Isabelle. Elle est au collège. Elle dit qu'elle a mis la main sur quelque chose d'étonnant.

— Comme quoi? demanda Hugo.

— Elle ne veut pas en parler au téléphone. Elle sera ici dans cinq minutes.

— Je vais dresser une table, dit Hugo de nouveau fébrile. On en profitera pour manger avant l'arrivée des clients du midi. François, prépare une cafetière. Josée... Josée, mouche ton nez! ajouta-t-il, comme s'il faisait exprès pour irriter la jeune fille.

***

Quelques minutes plus tard, Isabelle fit son entrée.

Sac en bandoulière, mallette en main, elle fila en ligne droite vers le fond de la salle où l'attendaient ses trois auditeurs attablés. François se précipita à sa rencontre et l'intercepta à mi-chemin.

— Je ne te vois presque plus, lui souffla-t-il en l'embrassant.

— C'est vrai, murmura-t-elle. C'est difficile ces jours-ci, et je pense qu'on en a encore pour quelque temps. C'est tellement excitant ce que je vis. Je t'aime pareil, tu sais...

— Moi aussi. Viens nous conter ça.

Ils prirent place à la table où les autres avaient déjà commencé à manger des croissants chauds.

— Je ne pourrai pas manger avec vous, lança Isabelle. Je dois retourner à *La Presse*. De toute façon, je n'ai pas très faim.

— Qu'est-ce que tu as trouvé de si extraordinaire? demanda Hugo, tiraillé par la curiosité.

— Je ne sais pas par où commencer, répondit Isabelle.

Après l'entretien avec Yannick Valois, elle s'était rendue au collège et elle était montée au quatrième, exactement là où le drame s'était produit: dans le bureau de Louis Bélanger.

Elle apprit que les enquêteurs avaient quitté les lieux tard dans la nuit après avoir pris plusieurs photos et effectué des relevés d'empreintes.

Le désordre qui régnait dans la pièce confirmait l'hypothèse d'une échauffourée: chaises renversées, bibliothèque à moitié vide, ordinateur débranché.

— C'est en voyant l'ordinateur que j'ai réagi: l'appareil était à moitié sur son socle et à moitié au-dessus du vide. Je l'ai replacé et je l'ai rebranché. Il s'est mis à ronronner, et l'écran s'est allumé.

— Bélanger travaillait?... demanda François.

— Ou il cherchait l'adresse des parents d'Eric. J'ai sorti la disquette et je l'ai apportée au journal étudiant. Je n'ai pas pu lire toutes les informations qu'elle contient; ça prendrait des heures et peut-être des codes d'accès. Je vais l'apporter à *La Presse*.

— Autrement dit, tu n'as rien, s'étonna Josée.

— Oh non! s'exclama Isabelle. J'ai quand même trouvé une série de textes de référence que Bélanger garde précieusement. Il a ajouté ses commentaires à la fin de chacun. C'est assez troublant. Regardez.

Elle ouvrit sa mallette et en sortit trois feuilles d'imprimante; trois pages sur lesquelles se précipitèrent trois têtes chercheuses.

0271
REPRO PJ

Nous savons maintenant comment fabriquer de nouveaux animaux. En croisant certaines substances prélevées sur des embryons appartenant à différentes espèces, on peut obtenir des créatures chimériques étonnantes. Ces bêtes existent en nombre limité, mais tout porte à croire qu'on en créera davantage dans les années qui viennent.

On peut raisonnablement imaginer l'apparition prochaine d'une poule-perroquet qui appellerait son maître aussitôt après avoir pondu ses oeufs.

(Peter Jamieson, Human Fabrication: A New Reality*)*
(Intéressant!)

8044
IRI JB

Nombreux sont ceux qui s'opposent à de telles pratiques: commander *son enfant constitue un acte qui n'est pas encore accepté socialement; il est plutôt considéré comme un acte* contre nature *qu'on devrait interdire à tout jamais.*

Pourtant, cette démarche entreprise par

de nombreux couples a l'avantage d'éliminer les risques de maladies héréditaires comme l'hémophilie ou la tare peu commune, mais très grave, qui frappe ceux dont les yeux n'ont pas d'iris. Les gouvernants qui voteront des lois sur ces nouvelles techniques de reproduction devront tenir compte de ces données avant de prendre leur décision.

(James Baker, Birth Revolution*)*
(Consulter Baker)

7893
JUM JW
En matière de fécondation artificielle, les progrès vont très vite. Ainsi, des médecins australiens du Queen Victoria Hospital, *à Melbourne, ont réussi pour la première fois à faire naître deux vraies jumelles à seize mois d'intervalle.*

L'un des intérêts d'une telle expérience pourrait être d'étudier les différences de comportement entre ces deux jumelles rigoureusement identiques génétiquement, mais qui seront peut-être différentes en grandissant.

Autrement dit, cela pourrait conduire à une étude intéressante sur les rapports

entre l'inné et l'acquis.

Se pose une fois de plus le problème des limites de ces expériences... À condition de ne pas être trop pointilleux sur les problèmes éthiques, tous les scénarios imaginables deviennent possibles.

(John Wright, The Melbourne Express*)*
(Appeler Mark à Melbourne)

— Tu as raison, c'est troublant, commenta Josée en repoussant les feuilles devant elle. On dirait de la science-fiction.

— En tout cas, ça n'explique pas pourquoi Bélanger a poussé le concierge dans le vide, dit François en jetant un coup d'oeil sur l'horloge.

— Le reste de la disquette nous l'apprendra peut-être, répondit Isabelle qui se préparait à partir.

— Si vous voulez mon avis, déclara Hugo, un gars qui mélange les poules avec les perroquets, c'est un malade. Pas étonnant qu'il ait tué un balayeur.

Pensif, François regardait toujours l'horloge. Il se demandait à quelle heure commençaient les visites à l'hôpital du Sacré-Coeur.

Chapitre 6

À coups de *H*

Tard ce soir-là, assise dans son lit, Josée en avait long à écrire dans son journal:

Quelle journée! Harassante et houleuse. Une journée *H* quoi! Comme on dit un jour *J*.

H... *H*... Hypocondriaque, hurluberlu, homme — ho! ho!...

Halte! On efface ici les facéties. Hop! Holà l'humour!...

Un premier *H* pour mes heures de travail. Trop peut-être: je ne suis même plus capable de m'endormir. Trop fatiguée... Huit heures à couper des légumes au restaurant, six à servir des cornets à la crémerie.

Heureusement, j'en ai seulement pour

quelques jours à travailler autant, c'est-à-dire comme une folle: Hugo (tout un *H,* celui-là!) doit rencontrer deux personnes demain. J'espère que l'une d'elles pourra remplacer Zygote. Pourra me remplacer, en fait.

J'aurai quand même appris quelque chose: j'ignorais que les chefs ne mesuraient rien. Je les imaginais comme ces cuisiniers à la télévision qui ne parlent qu'en millilitres et en grammes. Il n'en est rien: dans une vraie cuisine, on y va à l'oeil, au nez et aux papilles. Ce qui ne signifie pas qu'on y va au hasard, loin de là. C'est l'expérience plutôt, l'expérience des sens.

J'ai l'impression que François va bifurquer dans cette voie. Il travaille avec méthode et ardeur. Il est très consciencieux, perfectionniste même. Il m'étonne un peu.

À bien y penser, la cuisine, ce n'est peut-être pas si loin que ça de sa chimie. Les millilitres mis à part, évidemment. Enfin, s'il ne devient pas cuisinier, il va devenir un sacré bon mari!

En parlant de François, ça m'amène à un deuxième *H,* celui de l'hôpital. Il s'y est rendu pour voir Zygote.

On dirait que François a pris à coeur le

sort de ce gars-là. Il est inquiet. Il a l'impression qu'on fait des expériences sur Zygote.

Quand Isabelle est retournée à *La Presse* avec sa disquette, il nous a raconté que pour réaliser plusieurs découvertes médicales, des milliers d'animaux mouraient inutilement et des centaines d'humains étaient exploités. Tout ça parce que les chercheurs sont en compétition; ils luttent les uns contre les autres au lieu de mettre leurs connaissances en commun.

Le scientifique qui sort vainqueur de l'épreuve récolte beaucoup de prestige, il obtient des fonds du gouvernement pour financer ses recherches et il prend de l'avance dans la course au prix Nobel. Mais pendant qu'il travaille à sa gloire, on en rend plus d'un malade inutilement.

Il y a même des volontaires qui se prêtent à ces expériences. Il paraît qu'ils sont souvent sans-le-sou et qu'ils consentent à subir n'importe quoi pour gagner un peu d'argent.

On vit dans un drôle de monde. Des pauvres se rendent malades pour qu'on puisse trouver des traitements spéciaux qui seront administrés aux riches en clinique privée. C'est une roue qui tourne aveuglément, toujours dans le même sens, en écrasant toujours le même gravier.

Pendant ce temps-là, la télé gèle le bon peuple en le gavant de jeux télévisés stupides et en l'endormant avec des téléromans. Pas là de quoi rêver. Pas là de quoi vivre.

Tout ça pour dire que ç'a été tout un cirque à l'hôpital. François a dû faire la queue à trois comptoirs d'information différents avant d'apprendre que Zygote était en ophtalmo.

Évidemment, François s'est égaré en chemin. Il est quand même arrivé au bon endroit où on ne lui a rien appris de réjouissant: le patient Eric Lindsman dormait; on lui avait administré une dose de calmants à la suite d'une crise d'angoisse. On prolongeait son séjour de quarante-huit heures, et aucune visite n'était autorisée, sauf pour les membres de sa famille.

François s'est rendu au casse-croûte de l'hôpital et il a laissé passer une demi-heure, le temps de trouver des arguments pour forcer le barrage. À son retour à l'étage, on lui a dit que Zygote dormait toujours et qu'il n'était pas question qu'on le dérange.

François lui a laissé le message de nous téléphoner quand il se réveillerait. Il n'a pas appelé de la journée. François devait y retourner ce soir et se faire passer pour son frère. Il espérait que le changement de personnel lui permettrait de se faufiler jusqu'à lui. Je n'ai toujours pas de nouvelles.

Cette histoire m'amène à un autre *H,* mon hésitation au sujet de Zygote.

Ça m'a donné tout un coup quand François m'a dit que Zygote s'intéressait à moi. Je ne sais pas quoi faire avec cette révélation-là. J'aime bien défendre des causes, soutenir des luttes, mais là...

Habituellement, je n'hésite pas à m'engager. Probablement parce que c'est moi qui décide. L'an dernier, par exemple, il y a eu un débat sur l'avortement au collège. J'ai sauté sur le ring comme un chien sur son os.

Rien ne m'arrêtait: les discours, les pancartes, tout le tralala. J'ai mis le paquet, comme on dit. Mais on ne me l'avait pas demandé; c'est là toute la différence.

Comme lorsqu'il s'est agi de faire ouvrir les stations de métro aux sans-abri. Je me serais couchée sur les rails (enfin, n'exagérons rien...) pour faire entendre raison aux autorités municipales. Là encore, personne ne me l'avait demandé, et j'ai milité jusqu'au bout.

Tandis que Zygote... D'une certaine façon, c'est lui qui m'appelle. Ça me dérange. Je veux bien aider, dans la mesure où je choisis.

Je ne sais même pas ce que je ressens pour lui. J'ai peur de me faire prendre dans une partie dont je ne connais pas l'enjeu.

L'amour, ça ne devrait pas être un combat qu'on mène pour faire plaisir à quelqu'un ou pour le guérir. Et si c'était ça...

C'est la première fois que je me sens aussi coincée. Je n'ai pas coutume de me laisser aller. Disons le mot, de m'abandonner. Gratuitement.

C'est vrai qu'il est mal en point, le Zygote. Mais qu'est-ce que je peux y faire?

Je pourrais toujours lui sourire. Lui parler. Le faire parler. Souvent, les gens aiment ça, s'écouter parler. S'il a besoin d'une oreille attentive, je pourrais bien être celle-là. Mais il vaut mieux le prévenir que c'est le seul don d'organes auquel je consens pour l'instant!

Comme ça, pas d'illusions, pas de promesses. Et si, justement, il avait besoin d'illusions?... Misère de misère, que la vie est compliquée quand on commence à penser!

Un dernier *H* avant d'aller dormir. Un grand celui-là: Houston. Un bureau d'enquêtes du Texas a communiqué avec *La Presse*. Ils ont su que Louis Bélanger avait été arrêté; ils disent posséder des informations sur lui.

Isabelle est dans tous ses états: c'est elle qui doit aller cueillir leur agent à l'aéroport demain. La chanceuse!

En parlant de Bélanger, je me demande ce qui lui arrive. Depuis son arrestation, personne n'a eu de ses nouvelles.

Qui aurait dit qu'un homme en apparence aussi doux pouvait être un meurtrier? Ça ne me rentre pas dans la tête. C'est trop bête. Il y a quelque chose qui cloche.

Cloche, cloche. Ding, dong! Dodo. Zzzzz...

François vient d'appeler, tout énervé: Zygote n'est plus à l'hôpital. Il s'est sauvé. Ayoye!...

Chapitre 7

L'homme de Houston

Le même jour, à Houston, au seizième étage d'un édifice du centre-ville, une femme très affairée connut, elle aussi, toute une gamme d'émotions.

Assise à sa grande table de travail, Clara Rosenberg relisait pour la troisième fois un rapport d'enquête sur l'écrasement d'une navette spatiale.

Les astronautes avaient tous péri dans l'explosion et cette fois le président américain avait ordonné une enquête «indépendante des manigances de la NASA». La *Texas Information Agency,* dont Clara était la présidente depuis cinq ans, avait hérité du dossier.

En soirée, elle irait présenter elle-même devant le comité du Sénat le rapport préparé par son équipe. Le document comprenait plusieurs pages de texte, des tableaux et des colonnes de chiffres. Les causes de la catastrophe étaient clairement identifiées, et les responsables, directement pointés du doigt.

«Il va y avoir un choc chez les chics», pensa-t-elle en refermant le document. Plusieurs personnes avaient fait preuve de négligence, de la base jusqu'au sommet de la pyramide. Des têtes allaient tomber, même parmi les dirigeants de la NASA.

Elle imaginait la surprise qu'elle créerait lorsqu'elle sursauta en entendant le timbre de l'interphone.

— J'ai demandé qu'on ne me dérange pas, Steven, lança-t-elle à son secrétaire.

— Je m'excuse, madame Rosenberg... fit une voix hésitante. M. Parker est ici. Il insiste pour vous voir. Il dit avoir trouvé un fait nouveau.

Embarrassée, la présidente fronça les sourcils. Elle connaissait bien les ruses de Parker pour forcer la porte de son bureau.

— Faites-le entrer, finit-elle par dire sur un ton ferme.

«Ça me distraira un peu», ajouta-t-elle pour elle-même, comme si elle avait voulu se convaincre d'avoir pris la bonne décision.

L'homme annoncé entra. Grand et mince, Alex Parker portait sa trentaine avec entrain. Il avança dans la pièce et, contrairement à son habitude, il n'attendit pas que sa patronne l'invite à s'asseoir. Il se laissa plutôt tomber dans un fauteuil en cuir noir en lançant un retentissant «Bonjour, Clara!»

— Bonjour, Parker. Vous n'avez toujours pas trouvé de cravate à ce que je vois... dit la présidente à la fois amusée et résignée.

— Madame Rosenberg, j'ai du nouveau, murmura l'homme.

Le ton confidentiel de son enquêteur étonna la femme.

— Qu'y a-t-il, Parker? Vous vous êtes décidé à travailler sérieusement tout à coup? Vous n'allez quand même pas me faire changer mon rapport?

— J'ai bien peur que oui, madame.

Clara Rosenberg sentit une boule se former dans son estomac et un noeud se serrer dans son ventre. Elle décida néanmoins de garder son calme et d'écouter Parker avant de céder à la panique.

Elle déposa lentement son stylo sur ses feuilles, appuya ses coudes sur son sous-main et joignit ses longs doigts ornés de bagues sous son menton.

— Je vous écoute, Parker.

— C'est au sujet de l'affaire Paterson, madame.

Immédiatement, la femme bondit. Et comme Parker l'avait prévu, elle entra dans une vive colère.

— Parker! hurla-t-elle en gesticulant derrière son bureau. Parker, je vous mets à la porte! Cette fois, vous dépassez les bornes. Nous travaillons jour et nuit depuis des mois sur l'explosion de cette navette, et vous venez me parler de Paterson?...

— Madame Rosenberg...

— Ça suffit, Parker! L'affaire Paterson est terminée. Classée depuis un an. Finie! M'entendez-vous, Parker? Nous avons failli perdre notre réputation dans cette enquête; c'est déjà trop. Sans compter les contrats que le gouvernement nous a retirés. Si vous remettez les doigts dans cet engrenage, Parker, je ne donne pas cher de votre peau. Et je vous interdis de le faire au nom de la *Texas Information Agency.* Est-ce clair?

— Oui, madame, fit l'homme résigné.

***

En 1974, Tina Paterson travaillait comme chercheuse dans une usine de traitement du plutonium au Kansas. Cette société d'énergie nucléaire s'appelait *Atomic Technical*.

Témoin d'irrégularités dans les techniques de sécurité et se croyant elle-même contaminée par le plutonium, Tina Paterson décida de faire des révélations à un journaliste du *Washington Post*. Alors qu'elle se rendait au rendez-vous, le 24 juillet, elle mourut dans un accident de voiture.

La famille de la victime a poursuivi la *Atomic Technical* en justice. Après un premier procès qui déclara la compagnie responsable de la mort de son employée, on en ordonna un deuxième qui devait traiter des fuites de plutonium dans l'usine.

Juste avant le procès, il y eut un règlement hors cour: la *Atomic Technical* versa 1 380 000 $ aux enfants Paterson en échange de leur renonciation définitive à toute autre poursuite. L'affaire fut donc classée sans que toute la lumière ait été faite sur cette sombre histoire.

***

Clara Rosenberg fit le tour de sa table de travail une dernière fois et reprit son siège.

— En résumé, Parker, si vous n'avez rien de nouveau à m'apprendre sur l'explosion de la navette, vous seriez aimable de sortir. J'ai un rapport à réviser.

Secoué par la tempête qui venait de s'abattre sur lui, l'homme releva la tête lentement. Il semblait réfléchir intensément sous ses boucles blondes.

— J'ai des informations importantes à vous communiquer, madame, dit-il calmement.

— Je veux bien vous écouter, Parker, mais ne me provoquez pas...

— On a retrouvé un caisson de la navette, avant-hier.

Clara Rosenberg ouvrit grands les yeux.

— Un caisson de la navette? Parker, si vous me racontez une blague...

— Je suis très sérieux. On l'a repêché dans l'Atlantique à trois kilomètres de la côte. Il s'agit de celui contenant les éprouvettes.

La femme était abasourdie et avait peine à croire son meilleur enquêteur qu'elle affectionnait malgré ses écarts fréquents.

— Le caisson est à l'aéroport, poursuivit Parker. Il sera livré à nos laboratoires dans quelques heures. J'ai déjà reçu la liste de son contenu par télécopieur.

— Vous ne perdez pas de temps quand vous vous y mettez, Parker.

— Ce n'est pas tout, madame.

— ...

— Vous souvenez-vous de John Lindsman, ce médecin qui pratique des expériences sur son fils?

— Oui. Qu'est-ce que ça vient faire avec la navette?...

En posant la question, Clara Rosenberg fit elle-même le lien. Elle poursuivit sa réflexion à haute voix.

— Le caisson d'éprouvettes... Lindsman a participé à ça? Expliquez-vous, Parker.

— Vous venez de le dire, Clara: Lindsman a placé des embryons dans la navette. Comme il cherchait partout une explication à la maladie de son fils, il aura probablement voulu étudier les effets de l'apesanteur sur certains spécimens. Évidemment, il a raté son coup. Et doublement.

— Pourquoi doublement?

— Parce que mes informateurs m'apprennent qu'on vient de l'arrêter. Il est à Montréal, au Canada. Il y vit depuis six mois sous un nom d'emprunt: Louis Bélanger. Comme il a étudié en France, il parle un très bon français; il a pu tromper tous ces gens facilement.

— Pour quel motif l'a-t-on arrêté? demanda la présidente qui voyait fondre son rapport.

— Pour meurtre, précisa l'enquêteur.

— Il a tué son fils?

— Non. Un employé du collège où il a réussi à se faire engager.

— Tout cela est obscur, Parker. Vous devriez vous y rendre.

— J'ai réservé mon billet ce matin, madame...

— Vous m'étonnerez toujours, Parker. Vous semblez dormir dans un coin et tout à coup, pouf! un lapin sort de votre chapeau, comme par magie. Dites-moi, ces éprouvettes, ces embryons, qu'est-ce que c'est au juste? Vous m'avez parlé d'une liste... Vous l'avez?

— Oui, répondit-il en cherchant dans sa mallette. Lindsman a beaucoup de contacts. Il a réussi à obtenir des prélèvements d'ovules un peu partout. Il en aurait même fécondé avec son propre sperme.

— C'est diabolique, murmura la femme.

— Si nous étions à sa place, Clara, nous ferions peut-être la même chose si nous en avions les moyens, dit l'homme en lui tendant deux feuilles.

— Vous iriez jusque-là?

— Je ne sais pas. Quand je pense à mon fils, je me dis que je serais prêt à aller très loin s'il était aussi mal fichu que le sien.

La présidente prit les feuilles et commença à les lire. Sur la première, elle vit une colonne de chiffres allant de 1 à 50; vis-à-vis de chacun, une date et des initiales correspondant à des noms identifiés sur la deuxième feuille.

C'est en parcourant cette deuxième liste que Clara Rosenberg subit un nouveau choc. Mais cette fois, l'étonnement l'emporta sur la colère.

— P... Parker, est-ce que je lis bien? demanda-t-elle à voix basse.

— Vous lisez bien, madame.

C'était là, devant ses yeux, en noir sur blanc, à la ligne 12, sur les deux pages: T.P./Tina Paterson.

Ébranlée, Clara laissa tomber son stylo sur les feuilles.

— Êtes-vous bien sûr de l'authenticité de ces relevés, Parker?

— Oui, soupira l'homme, soulagé d'être enfin écouté. J'ai vérifié: Tina Paterson avait subi toutes sortes de tests pour prouver qu'elle était contaminée par des matières radioactives. Elle a même consenti à un prélèvement d'ovules. On les a conservés dans l'azote avec une foule d'autres spécimens. Tout a disparu l'an dernier après la fermeture du dossier.

— On a pu les détruire, ces spécimens...

— C'est justement au moment de les détruire qu'on s'est rendu compte qu'ils avaient été volés.

— Par Lindsman?

— Tout porte à le croire. Nous en saurons un peu plus long dans quelques jours. Demain, je rencontrerai des journalistes de Montréal. Je dois d'ailleurs partir si vous n'avez plus besoin de moi, ajouta-t-il en se levant.

— Allez-y, Parker. Vous faites un excellent travail. Je m'en veux de m'être emportée de la sorte tout à l'heure. Mon rapport attendra.

— Je savais bien que vous finiriez par entendre raison.

— On ne vous a pas vu souvent, ces derniers temps, poursuivit-elle sur un ton plus cordial. Vous n'étiez pas malade au moins?

— J'ai pris quelques jours de congé. J'ai amené mon fils à la pêche, avoua-t-il en se dirigeant lentement vers la porte du bureau, comme s'il avait voulu éviter d'entamer une discussion sur son emploi du temps.

— À la pêche? s'étonna sa patronne.

D'abord contrariée, elle jugea ensuite que son enquêteur préféré avait peut-être besoin de jours de repos, lui aussi, de temps à autre.

— Et vous avez fait bonne pêche?

— Pas si mal, répondit-il, debout dans l'embrasure de la porte. Un caisson! lança-t-il en souriant.

Clara Rosenberg se laissa tomber sur son fauteuil, encore une fois renversée par l'audace du jeune homme. L'instant d'après, revenue à elle, elle inscrivit au bas de la page de son agenda resté ouvert: «Augmenter le salaire de Parker!»

Chapitre 8

Un loup, la nuit

François apprit la disparition de Zygote dès son arrivée à l'hôpital. Le patient Eric Lindsman s'était évadé pendant le repas du soir.

Profitant du va-et-vient occasionné par la distribution des plateaux, Zygote avait récupéré ses vêtements. Puis il s'était habillé dans les toilettes et il avait déguerpi en douce.

On s'était aperçu de son absence une demi-heure plus tard, lors de la récupération des plateaux de service. Sur son lit, on n'avait trouvé que *La Presse*, ouverte à la page 10.

Immédiatement, François partit à la recherche de Zygote. Chevauchant sa bicyclette, il parcourut patiemment les rues du quartier, sans succès. Il se rendit même au poste de police, une visite elle aussi infructueuse.

À court d'inspiration, il décida de prendre le métro jusqu'au centre-ville. Il savait que Zygote s'y rendait parfois pour voir des films dans un cinéma de répertoire.

François soupçonnait l'inutilité de sa démarche, mais il avait une autre idée en tête: passer chercher Isabelle à *La Presse*, à la fin de sa soirée de travail.

Arrivé au cinéma, il faillit rebrousser chemin. Le film violent qu'on y présentait ne correspondait en rien aux goûts de Zygote. Puis il se rendit compte de l'absurdité de son raisonnement: si le garçon avait voulu s'y cacher, il aurait accordé peu d'importance au film projeté.

Maintenant qu'il y était, aussi bien entrer.

— Je cherche un ami, dit-il à la guichetière. Est-ce que je peux regarder dans la salle?

— On nous fait le coup au moins une fois par semaine, répondit la jeune fille contrariée. Paye comme tout le monde.

— Tu n'aurais pas vu un garçon assez maigre? Il porte des lunettes noires, un manteau de cuir...

— Écoute, Chose, il y en a au moins huit comme ça qui sont entrés...

Résigné, François tendit un billet de dix dollars à la guichetière inflexible. Elle lui rendit sa monnaie et un ticket.

— Si je sors dans cinq minutes, vas-tu me rendre mon argent? demanda-t-il.

— Disons que oui. Si tu me fais des beaux yeux... ajouta-t-elle subitement conciliante.

François rougit. Il ne s'attendait pas à pareille réplique de la part de la jeune fille si sévère quelques instants plus tôt. Un peu confus, il tourna les talons et se dirigea rapidement vers la salle.

Aussitôt entré, il fut ébloui par la lumière réfléchie sur l'écran et agressé par les cris des personnages. Au premier coup d'oeil, il comprit pourquoi le film était réservé aux plus de dix-huit ans. Un peu secoué, il s'assit à l'arrière, le temps de s'adapter à l'atmosphère tendue qui régnait dans la salle.

Peu à peu, les ombres de la trentaine de spectateurs apparurent en silhouettes mieux définies. François put alors en éliminer au moins vingt-cinq dont la carrure ne correspondait en rien à celle de son ami.

Il résolut de descendre l'allée centrale jusqu'en avant. Il attendit une image projetant un éclairage intense sur la salle et, le moment venu, il se leva et avança lentement vers l'écran.

La première moitié de son parcours se solda par un échec. Il ne réussit qu'à indisposer deux jeunes filles qui le prirent pour un rôdeur.

En remontant l'allée, il s'attarda à scruter les visages les plus éloignés; la lumière les rendait maintenant beaucoup plus visibles. Il ne vit rien cependant qui aurait justifié un détour dans une des rangées.

À mi-chemin, il décida de quitter l'endroit avant que son comportement suspect incite le placier à le mettre à la porte. C'est à ce moment qu'une voix l'interpella.

— Cherches-tu ta blonde, Levasseur?

Saisi, François s'arrêta net. Quelques spectateurs pouffèrent de rire, d'autres lancèrent des «assis, assis» percutants. François se pencha et se faufila jusqu'à la voix rauque qu'il avait reconnue.

C'était Frédéric, un étudiant du collège

qui ne ratait aucune occasion de s'amuser aux dépens des autres. François lui expliqua brièvement la situation.

L'autre ne lui fut d'aucun secours; il badina sans arrêt, comme si rien n'avait d'importance.

Vite déçu, François s'esquiva par l'allée latérale et disparut dans le hall d'entrée. Il s'arrêta au guichet et vit toutes les lumières éteintes. Il n'y avait plus personne.

Intrigué, il regarda autour de lui. Seul dans le hall, l'employé de la cantine astiquait son comptoir dans la pénombre. «Des beaux yeux... Je vais t'en faire, des beaux yeux, ma cocotte, la prochaine fois», grommela-t-il en sortant.

Sa dernière réflexion le ramena à Zygote, Zygote qui, lui, ne ferait jamais de beaux yeux à personne. Puis il pensa à Isabelle qu'il allait maintenant retrouver.

«Cherches-tu ta blonde, Levasseur?» se répétait-il intérieurement. Les mots erraient dans sa tête. «Cherches-tu ta blonde...?» L'idée fit son chemin lentement et, tout à coup, l'évidence s'imposa.

— Josée! s'écria-t-il en s'arrêtant au milieu du trottoir.

Un passant qui le suivait de près le bouscula accidentellement.

«Je l'avais oubliée, celle-là, poursuivit-il pour lui-même. Elle est sûrement rentrée à l'heure qu'il est. C'est là qu'il doit être...»

François bifurqua sur la droite et longea les vitrines. Il leva les yeux au ciel comme pour s'assurer d'avoir bien vu une étoile, une lueur, l'étincelle d'une solution.

Peine perdue: une pluie fine commençait à tomber.

***

François ne faisait pas erreur.

Vers minuit, Zygote arriva chez Josée. Dissimulé derrière un arbre du jardin, le fugueur vit la jeune fille raccrocher le téléphone, écrire quelques mots dans un cahier et éteindre la lumière.

La pluie tombait toujours, plus drue maintenant. Au loin, des éclairs spectaculaires déchiraient l'obscurité; un orage approchait.

Il fallait faire vite: dans peu de temps, Josée se lèverait sûrement et elle fermerait la fenêtre. Il ne pourrait plus entrer.

Zygote sentait les gouttes couler sur son front, sur son nez, sur ses joues. Un frisson le parcourut. Était-ce la peur? Le froid? L'amour? Les trois, peut-être.

Un doute l'envahit. Qu'allait-il provoquer? Entrer dans cette chambre comme un voleur, c'était s'exposer au pire: des cris, les policiers, l'hôpital encore. Peut-être même une altercation dont vraisemblablement il ne pourrait sortir que perdant.

Il s'éloigna du gros chêne et s'avança vers la maison. Voyant à peine devant lui, il trébucha sur une roche et mit les pieds dans une flaque d'eau en cherchant à reprendre son équilibre. Les souliers complètement trempés, il se colla au mur, tout juste à côté de la fenêtre de Josée.

Pour éviter un esclandre, il résolut de ne pas entrer immédiatement. Il frapperait plutôt.

— Josée, Josée, souffla-t-il à travers la moustiquaire qu'il grattait avec ses ongles.

Dormant à demi, la fille entendit le bruit provenant de la fenêtre. Croyant que c'était le vent, elle décida d'aller la fermer.

Zygote ne la vit pas venir. Il recommença à gratter au moment même où elle arrivait devant lui.

Josée sursauta et recula d'un mètre. Terrorisée, elle ouvrit la bouche, prête à hurler assez fort pour ameuter le quartier.

— Arrête, arrête, c'est moi, dit Zygote aussi troublé qu'elle.

Josée retint son souffle, la fraction de seconde qu'il fallut pour éviter le drame.

— Qu... Qu... Qu'est-ce que tu fais ici? demanda-t-elle, tremblotante.

— Laisse-moi entrer, implora-t-il, j'ai à te parler.

Sans hésiter, elle fit glisser la moustiquaire et l'aida à traverser l'ouverture étroite. Elle alluma une lampe de chevet et elle s'assit sur son lit.

— Qu'est-ce que tu fais ici? demanda-t-elle encore. Il paraît qu'on te cherche. François vient d'appeler. Il dit que tu t'es sauvé de l'hôpital.

— C'est vrai, répondit Zygote en frissonnant.

Josée lui offrit une couverture dans laquelle il s'enroula. Il s'assit ensuite sur une chaise dans un coin sombre de la pièce. Ses cheveux dégoulinaient.

— Attends, je reviens, dit Josée.

Elle réapparut avec une serviette qu'elle lui plaça sur la tête. Les mains sous la couverture, Zygote ne bougea pas.

— Tu veux me les essuyer? demanda-t-il en grelottant.

Josée ne sut que répondre. L'humour restait encore la meilleure porte de sortie.

— Tu ressembles à Mère Teresa, accoutré comme ça, dit-elle en souriant.

— J'ai l'impression de lui ressembler de plusieurs façons, compléta Zygote, amusé.

Hésitante, Josée prit la serviette et frictionna vigoureusement ses cheveux raides.

Ses mouvements saccadés animaient son corps sous sa robe de nuit. Zygote cherchait à deviner ses formes qu'il imaginait bouger sous le tissu léger.

Josée soupçonna l'examen, comme si le silence de Zygote cachait un geste. Elle mit fin rapidement au traitement, abandonnant la serviette sur sa tête.

— Ça va aller? demanda-t-elle en retournant sous les couvertures.

Zygote secoua la tête pour faire tomber la serviette et murmura un oui rempli de gratitude.

— Je te dois des explications, reprit-il. Je m'excuse de t'avoir fait peur tout à l'heure... Je me suis sauvé de l'hôpital, c'est vrai. Mon père n'arrivait pas. Il s'est fait arrêter. Tu le savais?

— Non...

— Bélanger. Louis Bélanger. Le prof... tu n'as pas lu le journal?

— C'EST TON PÈRE? s'exclama Josée, ébahie.

Elle se revoyait, assise Chez Hugo, passant ses commentaires sur le physique de l'homme. Jamais elle n'aurait pensé qu'il pouvait avoir un fils de l'âge de Zygote.

Le garçon se dégagea de sa couverture, ramassa la serviette et retira ses lunettes pour les essuyer. En même temps, il entreprit le récit du voyage de sa vie: sa naissance bizarre, la mort inexpliquée de sa mère, les innombrables traitements, les expériences douteuses.

Et cette dernière intervention qui venait d'échouer...

Josée l'écoutait attentivement sans jamais l'interrompre. Elle ne s'était pas trompée: il avait besoin de parler et surtout d'être écouté.

Ce qui la frappait dans son histoire, c'était la pression qu'on exerçait sur lui. On le harcelait au point d'en faire une victime. On s'acharnait à vouloir résoudre un problème en en créant une douzaine d'autres.

Elle constata aussi qu'il avait retiré ses lunettes en commençant à parler et qu'il ne les avait pas encore remises.

Se sentait-il à l'abri parce qu'il était assis dans le noir? N'était-ce pas plutôt le sentiment d'être accepté tel qu'il était, pour une fois...? Josée aimait croire en sa deuxième hypothèse.

— Ton évanouissement au restaurant, c'était une comédie? demanda-t-elle à la fin de son récit.

— Oui. Mon père est venu me porter un comprimé dans la cuisine. L'effet est presque instantané.

— Je croyais qu'il était allé voir Hugo, s'étonna Josée.

— C'est ce qu'il a fait. C'est toujours ainsi qu'il procède. Il se lie d'amitié avec les gens, et ça lui ouvre des portes. Celle de la cuisine lui a permis de me refiler la pilule au bon moment.

— ... et il a appelé une ambulance, ajouta Josée qui revoyait l'homme sortir de la cabine téléphonique.

— Exactement. Quand je l'ai vu revenir dans le restaurant, je savais que je pouvais avaler le comprimé.

Josée étira le bras jusqu'à une tablette sur laquelle elle avait mis le petit flacon trouvé dans la poche du tablier de Zygote.

— Où as-tu pris ça? dit-il, surpris.

— Au restaurant. C'est moi qui t'ai remplacé.

Zygote s'en réjouit: elle avait porté son tablier... Il se sentit un peu ridicule de s'émouvoir pour si peu mais, en même temps, il eut l'impression de s'être rapproché d'elle. Et puis, n'était-il pas là, maintenant, seul avec elle dans sa chambre?

— Qu'est-ce que tu vas faire? demanda Josée.

— Je... Je ne sais pas. Je veux savoir ce qui s'est passé au collège. Je veux voir mon père. Le problème, c'est que si j'y vais, on va me coffrer à mon tour. Je suis très embêté. Je ne sais plus, soupira-t-il en conclusion.

— Il paraît bien jeune, ton père, fit remarquer Josée.

— C'est... C'est comme ça qu'on paye nos dépenses, laissa tomber Zygote, énigmatique.

— Ce qui veut dire...

— ... que je ne suis pas le seul à servir de cobaye. Tu comprends, il y a beaucoup de femmes en Californie et ailleurs qui sont prêtes à payer une fortune pour garder l'apparence de leurs vingt ans. Alors, mon père leur fabrique des produits à partir de tissus...

Il n'acheva pas sa phrase, craignant sans doute d'aller trop loin dans ses révélations. Mais il en avait déjà trop dit.

— ... des tissus humains? grimaça Josée.

Zygote hocha la tête. Il avoua ensuite que son père faisait l'objet de poursuites judiciaires aux États-Unis pour trafic de foetus.

John Lindsman avait ses entrées dans des cliniques d'avortement (encore des portes ouvertes!) et des amis lui passaient de jeunes cadavres frais sous le manteau. En laboratoire, il en extrayait ensuite les éléments nécessaires à la fabrication des pommades régénératrices.

— Il essaie toujours les produits lui-même avant de les vendre, enchaîna Zygote comme s'il avait voulu innocenter son père. Évidemment, c'est très payant. Les gens ont tellement peur de vieillir qu'ils en font une maladie. Alors, si tu leur offres le remède miracle, ils vont te l'acheter à n'importe quel prix. Il y a de plus en plus d'hommes qui montent dans ce train-là; on va bientôt manquer de wagons...

— Tu parles comme un livre, observa

Josée, un livre-de-contes-à-faire-peur-aux-petits-enfants.

— Comme un livret de banque plutôt. Parce qu'il y a beaucoup de retraits aussi: nos voyages coûtent cher, et les honoraires des avocats sont très élevés. Je me demande comment John va s'en sortir cette fois-ci.

— Pourquoi a-t-il tué un concierge? C'est stupide.

— Il a dû se faire surprendre. Il était énervé. C'est une opération délicate qui se préparait: il voulait m'insérer un gène en me greffant des noyaux prélevés sur des cellules saines...

— Macaroni, télévision, sauterelle! enchaîna Josée sur le même ton.

— Pardon? fit Zygote, interloqué.

— Je ne comprends plus rien à ce que tu me racontes, précisa-t-elle. Je n'ai pas encore fait mes études de doctorat, tu sais, ajouta-t-elle, ironique.

— Je pourrais t'aider, suggéra Zygote en s'avançant sur le bord de sa chaise.

Josée ne répondit pas tout de suite. Elle le regarda pendant quelques secondes et elle dut s'avouer qu'il l'émouvait un peu avec ses allures de gamin abandonné.

— Dis-moi, comment as-tu su que j'habitais ici?

— Je suis allé à la crémerie tout à l'heure. J'ai prétexté une urgence, et ta patronne m'a donné ton adresse.

— J'aurais pensé que tu te serais réfugié chez François...

— Je l'ai cherché partout. Tu sais où le trouver?

— Oui. Il est chez Isabelle. Je vais les appeler; ils pourront peut-être nous aider.

Zygote sourit. Sans s'en rendre compte, Josée avait dit *nous*.

Chapitre 9

Lindsman,
père et fils

«On demande le passager Alex Parker au comptoir d'information. Le passager Alex Parker.»

La voix froide répéta la phrase en anglais et fit place à la musique insipide qui avait coutume d'accompagner les usagers de l'aéroport.

L'endroit était bondé de vacanciers qui faisaient la queue aux guichets. Empêtrés dans leurs valises, occupés à rattraper leurs enfants qui parfois couraient en tout sens, les voyageurs donnaient un drôle de spectacle. On aurait dit un bazar.

C'est dans ce brouhaha qu'Isabelle avait atterri en descendant du taxi. Par erreur, elle s'était fait conduire à l'étage des départs. À grand-peine, elle avait traversé cette marée humaine et était parvenue à trouver l'escalier menant à l'étage inférieur.

Ce contretemps, ajouté au retard occasionné par la circulation automobile, lui avait fait rater l'arrivée de Parker.

Celui-ci, nullement incommodé par ce délai, était assis dans un casse-croûte de l'aéroport. Il feuilletait tranquillement les journaux montréalais en attendant la jeune fille. Toujours à l'affût, il regardait chaque page, lisant rapidement les titres.

Il trouva enfin ce qu'il cherchait: «Du nouveau dans l'affaire du meurtre au collège Bois-de-Boulogne.» Il lut le court article écrit par Isabelle.

Il en était à la dernière ligne lorsqu'il entendit son nom dans les haut-parleurs. Il se leva promptement et se rendit au kiosque d'information.

Il sursauta en apercevant Isabelle qui faisait le pied de grue devant le comptoir. Il s'attendait à rencontrer une personne plus âgée; c'est du moins l'impression que son article lui avait laissée.

— Vous écrivez bien, mademoiselle, dit-il en lui serrant la main. Alex Parker. Très heureux.

— Isabelle Patenaude. Avez-vous fait un bon voyage?

— Excellent!

La conversation se poursuivit sur le même ton de cordialité tout au long de leur retour aux bureaux de *La Presse*.

Parker profita de ces longues minutes pour informer Isabelle des démêlés de Lindsman avec la justice américaine.

Isabelle, pour sa part, lui apprit la dernière nouvelle: la libération sous caution du faux professeur.

— Aujourd'hui même, précisa-t-elle.

— À combien s'élève le cautionnement? demanda Parker.

— À 300 000 $. Canadiens, bien sûr.

— C'est raisonnable. Dans un cas semblable, il faut s'assurer que l'individu se présente à son procès.

— Il plaidera la légitime défense, ajouta la journaliste. Il prétend qu'il a été attaqué par le concierge.

— Qui est-ce, au juste, ce Rico Reyes dont vous parlez dans votre article? Il y a longtemps qu'il travaillait au collège?

— C'est un employé permanent, sa si-

tuation est tout ce qu'il y a de plus correct.
Il n'a pas de casier judiciaire.

— J'appellerai quand même au Texas
une fois que nous serons rendus au journal.
Vous dites que vous connaissez le fils de
Lindsman?...

— Oui. Je l'ai vu la nuit dernière. Il
s'est sauvé de l'hôpital où son père devait
l'opérer. Un avis de recherche a été lancé,
puis retiré: nous avons réussi à le convaincre de se rapporter au directeur de la
protection de la jeunesse.

— Il est sûrement très malheureux, ce
jeune homme.

— Il l'est. Désemparé serait plus exact.
Il doit rencontrer son père aujourd'hui.

— Tant mieux. Dites-moi, est-ce que
vous pensez que je pourrais les voir, tous
les deux?...

— Ça devrait être possible. On va essayer. Pourquoi au juste?

— Pour mon enquête. Lindsman avait
placé du matériel dans la navette spatiale
dont je vous ai parlé. Ce qui entoure l'explosion doit être scruté à la loupe. J'aimerais bien l'interroger.

— En fin d'après-midi, ça vous irait?
suggéra Isabelle.

— Tout à fait, dit Parker. J'aurai le temps de jeter un coup d'oeil sur le contenu de la disquette que vous avez trouvée dans son bureau.

— À propos, ajouta-t-elle, j'ai noté un détail intéressant: les listes que vous avez montrées à votre patronne au Texas, celles avec des initiales et des noms...

— Oui...

— Je crois qu'elles sont dans un des fichiers de la disquette.

— Très intéressant en effet, commenta l'enquêteur, comme s'il était sur le point de trouver la pièce manquante d'un puzzle compliqué.

Le taxi s'immobilisa devant *La Presse*. Ses deux occupants en descendirent et marchèrent d'un pas alerte jusqu'à la porte d'entrée.

***

Vers 16 h, Isabelle et Alex arrivèrent Chez Hugo. À cette heure creuse, ils repérèrent vite le couple installé au fond de la salle à manger: Zygote et son père y poursuivaient un entretien qui avait commencé au début de l'après-midi.

En s'approchant, Parker s'attarda à la physionomie de Lindsman et se rendit compte des effets magiques des traitements qu'il s'administrait.

Lindsman avait de fins cheveux noirs, des yeux très bleus, une peau lisse légèrement basanée. Aucune ride sur ce visage quasi parfait; seuls quelques plis au cou trahissaient sa mi-quarantaine. «La science ne peut pas tout faire», pensa-t-il.

Puis Parker aperçut Zygote qu'il n'avait jamais vu non plus. Le contraste le frappa: autant le père avait l'air bien portant, autant le fils semblait dépérir. Maigre et immobile, le garçon au teint blême paraissait calme, habité par une tranquillité silencieuse que Parker associa à de la résignation.

Après les présentations, on sentit un froid planer au-dessus du groupe. Rencontrer un enquêteur de la *Texas Information* ne plaisait aucunement à John Lindsman, et cela se voyait: assis au bout de la table, les bras croisés, il affichait une moue hautaine.

C'est Zygote, manoeuvré par Isabelle, qui avait convaincu son père d'accepter le face-à-face. D'après la jeune fille, Parker pouvait peut-être éviter la prison à Lindsman.

Hugo détendit l'atmosphère... Bien malgré lui, comme d'habitude.

Soulagé de voir son commerce recommencer à *rouler sur ses quatre roues* (un nouvel employé travaillait maintenant au restaurant), le chef ne tenait plus en place. Enthousiaste, il s'activait plus que de coutume.

Aussi, il décida d'apporter lui-même à table une assiette de crudités préparée par François. Il avait ajouté au plat deux sauces froides, ses créations.

Fier mais maladroit, le cuisinier s'élança dans la salle, plateau de service au bout des doigts.

Il n'avait pas fait trois pas qu'il trébucha sur une chaise et s'étendit de tout son long sur le plancher.

Au dernier moment, se sentant tomber, il avait tiré le plateau vers lui, espérant en sauver au moins une partie. Mal lui en prit: la sauce mayonnaise lui sauta au visage et dégoulina dans sa figure.

Quand il releva la tête, il entendit sans les voir les rires du quatuor accouru à son secours. L'orgueil couvert de sauce, il se releva en grognant. On l'aida à trouver son chemin jusqu'aux toilettes d'où sortirent bientôt une kyrielle de jurons.

L'incident clos, chacun reprit sa chaise et fit des commentaires sur le singulier personnage. Parker profita de ce moment de détente pour lancer la discussion.

— Croyez-vous que votre fils pourra reprendre son travail prochainement, Lindsman? demanda-t-il.

Saisi, le père de Zygote ouvrit la bouche, mais aucun mot n'en sortit. Ses yeux vifs se tournèrent vers son fils, puis vers Parker.

Du bout des doigts, il manipulait une serviette de table, la pliant en tout sens. Aucun doute, la question inattendue le troublait.

— Avez-vous des enfants, Parker? dit-il enfin.

— Oui, un, répondit l'autre.

— Que feriez-vous à ma place?

— Je ne sais pas, Lindsman. Très franchement, je ne sais pas. Ce qui est inquiétant, c'est votre façon de faire. Toutes ces magouilles que vous mettez sur pied pour financer vos recherches, toutes les supercheries que vous échafaudez pour vous introduire partout... Regardez où ça vous mène. Et votre fils, lui avez-vous demandé ce qu'il en pense?

Assis près de son père, Zygote écoutait les semonces de Parker sans dire un mot. Il aurait bien voulu, lui aussi, parler de tout cela, mais il n'avait jamais osé. John Lindsman donnait trop l'impression de savoir où il s'en allait; même son fils n'osait pas contrecarrer ses plans.

Pris dans un cercle vicieux, Zygote avait le sentiment d'avancer sur une voie à sens unique: plus il était malade, plus il avait besoin de son père; plus celui-ci le traitait, plus il était malade.

John Lindsman regarda son fils et admit qu'effectivement il ne le consultait jamais. Selon lui, il n'avait pas à le faire.

— Je ne veux pas m'acharner sur vous, reprit Parker. Votre facture à payer est déjà assez élevée. Vous avouerez cependant que tuer une personne pour en guérir une autre, c'est un peu curieux, non? Si vous vous retrouvez derrière les barreaux pendant dix ans, qui va s'en occuper de ce garçon? Vos avocats?

— J'ai été attaqué et je me suis défendu! lança Lindsman en haussant le ton. Nous en ferons la preuve au procès.

— Alors, vous aurez besoin de cela, lança Parker en lui glissant la disquette sur la table.

— Qu'est-ce que c'est? demanda Lindsman.

— Vous le savez très bien. Ce sont vos dossiers. Ceux que consultait Rico Reyes lorsque vous êtes entré dans votre bureau le soir du meurtre, ajouta Parker en insistant sur chaque mot.

Lindsman se tourna vers lui, étonné. La perspicacité de Parker l'ébranlait. Isabelle et Zygote regardèrent l'enquêteur, eux aussi, l'invitant à s'expliquer.

— Et vous l'avez tué, reprit-il, parce que vous...

— ... parce que je l'ai surpris en train de voler mon matériel, coupa Lindsman. Il s'est levé et m'a sauté dessus. Je me suis défendu, répéta-t-il.

— Ne trouvez-vous pas ça bizarre, Lindsman, un concierge qui vole des informations en génétique? ironisa Parker.

Le père de Zygote baissa les yeux. Parker était plus fort que lui, il devait l'admettre. Il ne restait plus qu'à avouer. Tous, autour de la table, écoutaient, suspendus à ses lèvres.

— Je... Je ne connais pas ce Rico Reyes, commença-t-il. Je n'ai pas voulu le tuer.

Vous savez, Parker, comment l'espionnage industriel fonctionne, jusqu'où ces gens sont prêts à aller pour devancer une compagnie concurrente. Quand j'ai vu ce type qui prenait en note mes découvertes, j'ai tout de suite pensé qu'il s'agissait d'un de ces voleurs dangereux...

— Ce n'en était pas un? demanda Isabelle.

— Notre conversation n'a pas été très longue, reprit Lindsman. À mon entrée dans le bureau, il s'est levé et il a plié une feuille sur laquelle il écrivait. J'étais furieux; je l'ai sommé de me remettre la feuille. Il a refusé et il m'a bousculé en essayant de sortir. Je l'ai retenu. Je lui ai demandé de s'identifier, de me dire pour quelle compagnie il travaillait. En même temps, je lui ai arraché le papier. Il m'a dit qu'il travaillait pour le collège, seulement pour le collège.

— Vous l'avez cru? demanda Parker.

— Oui et non, poursuivit Lindsman. J'étais très pressé: je savais qu'Eric m'attendait à l'hôpital, et je devais m'y rendre au plus tôt avec mon matériel. Si le collège enquêtait à mon sujet par l'intermédiaire de ce Reyes, un simple appel de sa part au gardien de sécurité pouvait m'empêcher de sortir et tout faire échouer.

— Que s'est-il passé ensuite?

— Il a encore cherché à s'enfuir. Il a foncé sur moi et il m'a projeté sur la porte. J'ai réussi à l'agripper et je l'ai ramené dans le bureau. Il a saisi son émetteur-récepteur et il l'a mis en marche. J'ai sauté sur lui et je le lui ai arraché des mains. Nous nous sommes battus. En voulant éviter un de mes coups, il a reculé. Il a trébuché sur une boîte de livres, il a culbuté et il est tombé dans le vide.

Lindsman se tut, lâcha la serviette de table qu'il déchiquetait en parlant et il se laissa aller contre le dossier de sa chaise.

Parker le regardait. Il se disait que l'homme n'avait pas l'allure d'un assassin. Lindsman était plutôt un exalté, un génie passionné rongé par l'inquiétude. Il était peut-être récupérable.

— *Atomic Technical,* prononça calmement l'enquêteur, est-ce que ça vous rappelle quelque chose?

Lindsman ne broncha pas, comme s'il n'avait pas entendu.

— Tina Paterson alors? insista Parker.

— À quoi voulez-vous en venir, Parker? demanda l'homme qui s'impatientait.

— À ceci, Lindsman: Rico Reyes travaillait pour le collège, c'est vrai. Mais quelques semaines après votre arrivée à Montréal, il a été recruté comme informateur par la *Atomic Technical*. Il avait pour mission de retrouver la piste des ovules de Tina Paterson que vous aviez dérobés et placés dans la navette.

L'homme de sciences leva la tête et parut vouloir protester. Parker ne lui en laissa pas la chance et enchaîna:

— Réalisez-vous ce qui se passerait, Lindsman, si jamais il était prouvé que ces ovules ont été contaminés au plutonium? Imaginez la stupeur que ça créerait dans le milieu, imaginez la réaction de la famille Paterson. On rouvrirait le procès et cette fois la *Technical* y laisserait sa chemise. Si vous ne l'aviez pas tué, Lindsman, lui, aurait pu le faire...

Le père de Zygote resta muet. Depuis plusieurs mois, il avait oublié cette expérience ratée avec les ovules. Voilà qu'elle refaisait surface.

— Si je vous comprends bien, Parker, vous admettez que j'étais en situation de légitime défense, dit le chercheur à demisoulagé.

— Vous allez trop vite. Ce que je dis, c'est que je pourrais aller au tribunal raconter ce que je sais de cette affaire.

— Pourrais...?

— Je serai prêt à m'y rendre quand vous vous serez mis d'accord avec Eric pour mettre fin à vos expériences, lança froidement l'enquêteur.

Le chercheur ne s'attendait pas à pareil ultimatum. Il s'avança et appuya ses coudes sur la table. Ébranlé, les yeux dans le vide, il parut sur le point de flancher.

Voyant cela, Parker en profita pour renchérir.

— Regardez votre fils, Lindsman, dit-il sur un ton accusateur, regardez-le un peu. Vous savez comme moi qu'une médecine plus conventionnelle pourrait améliorer son sort considérablement. Vous préférez vous entêter à trouver une solution magique, sans aucun résultat. J'ai de plus en plus l'impression que vous vous amusez.

Autour de la table, personne ne bougeait, personne ne parlait.

— Jusqu'à maintenant, ajouta Parker, vous n'avez réussi qu'à jeter le discrédit sur votre profession et à affaiblir le corps et l'esprit de ce garçon. Le vrai malade ici, c'est vous, Lindsman.

Zygote, qui n'avait encore rien dit, baissa la tête, comme s'il approuvait ce qu'il venait d'entendre.

— C'est vrai? Tu le penses aussi? lui demanda son père.

N'y tenant plus, Zygote éclata en sanglots et s'enfouit la tête dans les mains. Penché sur la table, tremblant, il pleurait sans arrêt, comme s'il avait voulu noyer sa détresse.

Cette scène pénible s'était déjà déroulée à quelques reprises dans les bureaux des psychologues, mais jamais le père de Zygote n'en avait été témoin, ni même informé. Les professionnels absorbaient les coups et ils ramenaient rapidement Zygote dans le droit chemin. Au besoin, d'autres médicaments s'ajoutaient à tous ceux qu'il prenait déjà.

Parker fit un signe à Isabelle. Ils se levèrent de table discrètement et ils se dirigèrent vers la sortie.

— C'est à eux qu'il revient de régler ça maintenant, dit l'homme qui semblait peu convaincu.

— Vous croyez qu'ils y arriveront? demanda Isabelle en mettant les pieds sur le trottoir.

— Je l'ignore, répondit-il en regardant distraitement les nombreux passants qui rentraient chez eux après le travail. Leur problème n'est pas simple, ajouta-t-il, c'est de l'humain. Évidemment, si une jolie blonde comme celle-là, là-bas, pouvait s'infiltrer dans la vie d'Eric, ça faciliterait peut-être les choses.

Rendue à leur hauteur, au grand étonnement de Parker, la jeune fille s'arrêta et salua Isabelle. C'était Josée.

— Nous parlions justement de toi, lui dit aussitôt Isabelle avant de lui présenter l'enquêteur texan...

Chapitre 10

La vie
en montagnes russes

Pendant les jours qui suivirent, c'est à peine si on revit John Lindsman. Occupé à préparer sa défense, il passa presque tout son temps en compagnie de ses avocats. Tôt le matin, l'homme quittait son domicile et il allait discuter avec eux, dans un hôtel du centre-ville.

Ensemble, ils élaboraient des tactiques pour convaincre les jurés, ils cherchaient à recruter des personnes pouvant témoigner de la bonne conduite de l'accusé et ils prenaient connaissance de certaines lois canadiennes.

Régulièrement, le groupe se rendait au palais de Justice pour assister à des audiences du tribunal, histoire de se familiariser avec les procédures en vigueur à la cour.

Les séances de travail se prolongeaient souvent jusqu'en soirée, et c'est parfois très tard que John Lindsman rentrait chez lui. Il ne rencontrait Zygote qu'occasionnellement, le temps d'un repas vite pris, le temps d'une promenade dans les rues du quartier.

Dans ces courts moments d'intimité, le père parlait beaucoup de ses nouveaux tourments et de son désir de retourner au plus tôt en Californie, pour tout recommencer.

Tout recommencer, deux mots qui finirent par obséder Zygote. Recommencer quoi? Comment? John Lindsman ne le savait pas. Pas encore. Il lui fallait d'abord *régler Montréal.*

Avec le temps, Zygote se fit plus rare, lui aussi. On ne le vit plus Chez Hugo. François ne réussit qu'une seule fois à le joindre au téléphone. Le garçon lui avait tenu des propos vagues, des paroles confuses; François avait soupçonné un abus de médicaments.

D'après Isabelle, il fallait quand même rester à l'écart, laisser à Zygote tout l'espace voulu pour reprendre sa relation avec son père. Selon elle, c'était à Zygote aussi de revenir vers ceux qui lui tendaient la main, à défaut des deux bras.

Alex Parker appuyait cette attitude et disait que, néanmoins, il cherchait toujours une façon de provoquer un résultat.

Puis, un soir, en sortant du restaurant, François se décida à aller parler à Josée. Chemin faisant, il aperçut la jeune fille à distance et il l'observa qui s'affairait dans la crémerie. Il s'arrêta un instant au milieu du trottoir, hésita, respira profondément et résolut d'aller plutôt retrouver Isabelle.

— Veux-tu un scoop pour ton journal? lui dit-il en se nichant à ses côtés sur un divan du salon.

— Tu te maries!?... s'exclama Isabelle tout de go.

— Euh!... Pas vraiment. Essaye encore.

— Je donne ma langue au chat comme d'habitude, capitula-t-elle.

— Miaou! lança François.

Il la renversa sur le fauteuil et l'embrassa avec fougue. Il resta étendu sur elle pendant quelques minutes, lui bécotant les joues, le nez et les lèvres.

— Alors, cette primeur... chuchota-t-elle.

— J'ai vu Zygote, dit-il.

— ...

— Avec Josée!

Isabelle sourit, comme si elle était rassurée, comme si elle venait de recevoir la confirmation d'un événement qu'elle souhaitait voir arriver.

— Où? demanda-t-elle.

— À la crémerie. Il portait un tablier et un beau petit chapeau, ajouta-t-il, moqueur. Il remplissait les cornets et il les passait à Josée qui les trempait dans le chocolat. L'accord semblait parfait...

— Ne te moque pas, dit doucement Isabelle. Donne-lui une chance.

— Je ne me moque pas; je trouve ça un peu drôle. Inattendu, disons.

— Moi, ça ne m'étonne pas, reprit Isabelle. J'ai parlé à Josée, cet après-midi. J'ai senti qu'il se passait quelque chose. Même que j'ai un scoop, moi aussi...

— Est-ce que je peux donner ma langue au chat? demanda François en se dressant sur ses avant-bras.

— Tranquille, gros matou, et écoute-moi.

— Je t'écoute.

— Demain... Je crois qu'ils vont à La Ronde, dans les manèges...

— À La Ronde? Es-tu sérieuse?

— Josée m'a dit qu'ils iraient à l'île Sainte-Hélène, que c'était un bel endroit à faire visiter aux touristes. J'ai eu l'impression qu'elle tournait autour du pot. Enfin, je le saurai demain.

— Tu y vas avec eux?

— Bien sûr que non. Mais nous avons convenu de nous retrouver Chez Hugo. Nous mangeons tous les trois ensemble. Ça t'en bouche un coin?...

— Je... Oui! Pour une nouvelle, c'en est toute une.

— Vas-tu nous fricoter un menu spécial?

— Je peux essayer, répondit François encore songeur. J'ai déjà des idées: je vais prendre tout ce qu'il y a d'aphrodisiaque dans la cuisine et je vais vous préparer un ragoût d'enfer!

— Grand fou! lâcha-t-elle en lui passant une main dans les cheveux.

Puis, se tortillant sous lui:

— En parlant d'enfer, je crève de chaleur avec vous comme couverture, monsieur.

— Votre grand fou doit justement partir, madame. Je travaille tôt demain matin, dit

François en se levant.

Il ramassa son sac et se dirigea lentement vers la porte.

— Tu t'en vas déjà? Et mon massage? implora presque Isabelle.

— Pas ce soir, chérie, j'ai mal à la tête, ironisa François en déboutonnant tout de même sa chemise.

***

Le lendemain soir, assis sur un banc de parc, Zygote et Josée attendaient le dernier autobus à desservir leur quartier, l'ultime recours pour leurs pieds meurtris.

Ils avaient vécu une journée grisante. Ils s'étaient étourdis dans des manèges bruyants, ils s'étaient gavés de mille friandises, ils avaient dévoré les délices d'un apprenti cuisinier et ils avaient marché assez longtemps pour s'effondrer lourdement sur la première planche venue.

— Je n'ai plus de voix, murmura Zygote. Je n'ai jamais tant crié.

— Crier, ça fait du bien. Ça libère, dit Josée.

— Cries-tu souvent?

— Quand j'en ai besoin. Je ne garde

rien en dedans: ça fait friser les oreilles!

Zygote tendit l'index, fit bouger les cheveux de Josée et découvrit son oreille gauche.

— Tu as raison, dit-il en ricanant, elles sont plates.

— Ris si tu veux, rétorqua-t-elle, tu verras bien.

— Je verrai quoi?

— Lequel de nous deux sera encore capable d'engager une course de fauteuils roulants dans les couloirs du centre d'accueil où on finira tous par se retrouver un jour!

— Tu es... directe.

— Pourquoi prendre des détours? Moi, je vis collée à mes émotions. Je crie, je pleure, je hurle, je n'attends pas d'être dans un manège pour m'autoriser à le faire. Et quand je suis contente, je manifeste mon plaisir avec la même force, la même intensité.

— La vie en montagnes russes...

— Exact. Avec des pics aussi hauts que l'Himalaya et des ravins aussi profonds que le Grand Canyon. Mais je reste toujours cramponnée à mon siège!

— Tu n'es pas un peu essoufflée, parfois?

— Oui, ça m'arrive. Dans les livres, on appelle ça *vivre intensément*. On dit que ça prolonge l'existence. Savais-tu que les femmes vivent plus longtemps que les hommes?

— J'en ai déjà entendu parler. Mais pour ton entourage, ajouta Zygote, ça ne doit pas être de tout repos...

— Au contraire. Quand les gens savent ce que tu penses, ils s'adaptent. Évidemment, si tu tiens absolument à toujours avoir raison, les conflits éclatent. Mais là encore, le conflit est peut-être préférable à l'absence de relation. Comme dit le dicton, *là où il y a du gène, il n'y a pas de plaisir,* ajouta-t-elle en pouffant de rire.

— Touché! fit Zygote qui l'avait entretenue de génétique une bonne partie de l'après-midi.

Leur conversation prit fin sur ce fou rire. Épuisés, la gorge irritée par les épices de François, ils n'avaient plus l'énergie suffisante pour construire des phrases complètes.

Peu après, la fraîcheur de la nuit s'abattit sur la chaleur du jour, et le petit parc isolé prit bientôt l'allure d'une île déserte envahie par la brume.

Josée ne pensait plus, Zygote rêvait encore. Les yeux fermés, il s'imaginait en voilier avec Josée, affrontant bravement les lames du Pacifique. Elle manoeuvrait avec lui, elle bronzait à ses côtés, elle plongeait dans son océan. En fin de journée, à peine vêtus, ils rentraient au port; la nuit venue, encore enivrés, ils s'enlaçaient tendrement.

L'image disparut. Une autre la remplaça.

Zygote se voyait maintenant décrire à son père les cauchemars répugnants qui hantaient son sommeil. Il lui parlait aussi de ces satanés acouphènes qui l'accablaient depuis peu: son oreille droite bourdonnait sans cesse.

Dans sa rêverie, il s'exprimait avec a-plomb, il était convaincant, on l'écoutait.

Un coup de coude bien placé le fit sursauter. Zygote ouvrit les yeux. Il faillit se précipiter vers l'arrêt d'autobus, croyant que le véhicule arrivait. Mais Josée ne bougeait pas. Elle regardait droit devant elle et semblait fascinée par ce qu'elle voyait.

Elle montra du doigt un point éloigné, et Zygote aperçut, lui aussi, sur la ligne d'horizon, un arc de cercle lumineux émerger des ténèbres. *Sister Moon,* murmura-t-il, paroles oubliées d'une comptine lointaine qui revenait des méandres de sa mémoire chancelante.

Josée monta sur le banc et enfouit ses mains dans les poches de son pantalon. Zygote l'observa pendant quelques secondes, amusé par le comportement soudainement enfantin de celle qui paraissait si mûre trois minutes plus tôt. Puis il se leva, lui aussi, et il contempla avec elle le spectacle imprévu.

C'était une grosse lune de juillet, orangée comme si on l'avait chauffée, ronde comme un gong, délicieuse comme une jouissance.

L'astre montait lentement, majestueusement. Josée et Zygote suivaient sa progression entre deux édifices éloignés.

En peu de temps, la pleine lune traversa complètement l'horizon et poursuivit gracieusement sa montée. Elle ressemblait de plus en plus à une énorme bulle, à un ballon bariolé qu'un enfant distrait aurait abandonné aux étoiles.

Zygote fit glisser ses lunettes sur le bout de son nez et fixa la lune encore. Elle montait toujours et perdait peu à peu son écran ambré. Au même moment, le garçon sentit la main de Josée se glisser dans la sienne.

Ses yeux s'embrouillèrent, et il vit deux lunes, puis trois, et quelques autres.

— Viens, chuchota-t-elle. C'est le temps de rentrer maintenant. L'autobus arrive.

Chapitre 11

Courrier

Montréal, le 5 octobre

Bonjour Zygote!
Presque deux mois maintenant que tu es retourné dans ta glorieuse Californie. Depuis, plus rien: pas une lettre, pas un appel, rien...

Eh oui! tu l'as deviné, c'est nous, tes amis du Nord. Nous avons pensé à t'écrire, l'un après l'autre, espérant te donner le goût de nous imiter.

Tout s'est passé tellement vite après le procès. C'est à peine si on a eu le temps de se dire au revoir. C'est vrai que ton père ne semblait pas vouloir étirer son séjour ici...

Quant à nous, la petite routine s'est ré-installée. Nous sommes tous retournés au collège à la fin d'août.

Je me suis encore inscrit en sciences. Et je vais suivre un cours du soir, à l'école d'hôtellerie!

Si j'ai vraiment le coup de foudre pour la cuisine, je m'inscrirai à temps complet l'an prochain. Je ne détesterais pas ouvrir mon restaurant, un jour. On verra bien. D'après Josée, j'aurais du succès.

Josée... Tu te souviens? Non? Fais un effort. (Je te vois rougir.)

Ah! j'oubliais, Hugo te salue. Dis bon giorno à mon zygoto, Francesco, *m'a-t-il lancé quand il m'a vu t'écrire. (Je suis au restaurant; j'y travaille encore, les fins de semaine.)*

Il est toujours pareil, Hugo. La semaine dernière, il a mis le feu à la cuisine en préparant une friture. Un peu plus et le restaurant brûlait au complet.

Pas besoin de te dire qu'encore une fois notre chef a donné un bon spectacle. Dès le début de l'incendie, il a déversé toute une boîte de sel (plutôt que de bicarbonate de soude) sur les flammes qu'il ne réussissait évidemment pas à maîtriser.

Il s'est jeté sur l'extincteur et, évidemment, il ne savait pas comment le faire fonctionner. Il l'a échappé sur sa poêle qui est tombée par terre.

Le feu s'est communiqué au plancher. Il a grimpé sur le comptoir, il a saisi le boyau dans le fond de l'évier et il a commencé à arroser. Comme il ne voyait rien à cause de la fumée qui montait, il arrosait partout, sauf au bon endroit.

Heureusement, c'est à ce moment-là que les pompiers sont arrivés. Ils ont pu limiter les dégâts, mais nous avons eu tout un ménage à faire.

Pour moi, Chez Hugo, c'est un bon laboratoire: tout ce qu'il ne faut pas faire, je vais l'apprendre. J'exagère, je sais. Hugo est quand même un bon chef. Disons seulement qu'il est plus subtil dans ses assaisonnements que dans ses agissements. D'ailleurs, tu es bien placé pour le savoir.

En parlant d'épices, j'ai une bonne nouvelle: Isabelle va venir habiter chez moi. Mon appartement n'est pas très grand, mais on se collera, si tu vois ce que je veux dire...

Après l'été qu'on vient de passer, et la grosse année qui s'annonce, c'est la solution que nous avons trouvée pour nous voir plus souvent.

Son journal, c'est presque devenu sa vie. Elle voulait faire ses preuves, elle a réussi: elle demeure à l'emploi de La Presse *comme pigiste pour le reste de l'année. Elle écrit un article par semaine et elle est presque assurée d'y travailler l'été prochain aussi.*

Je l'aime bien, mon Isabelle. Elle est débrouillarde, fonceuse. En même temps, elle est douce comme une rivière d'été. Mais ça, c'est tard le soir, quand elle a réussi à se vider l'esprit de toutes ses préoccupations.

En vivant à deux, ce sera plus facile. Enfin, j'espère: elle a des petits projets de redécoration *qui me laissent perplexe...*

J'ai quand même bien hâte. Comme j'ai hâte de savoir ce qui t'arrive. Dépêche-toi de nous répondre!

Salut,

François

(Je passe le crayon à Isabelle; elle vient tout juste de rentrer. Le temps de l'embrasser, et elle arrive...)

***

Cher Zygote de mon coeur!

Pas mal comme entrée, non? Si je te dis ça, c'est que je te dois beaucoup. J'y reviendrai plus loin.

Avant, je voudrais apporter une précision à la lettre de mon beau François: son appartement, ce n'est pas un logement, c'est un champ de bataille. Un champ de bataille après la guerre. Une grosse guerre...

La cuisine, ce n'est pas trop mal. On pouvait s'y attendre.

La chambre, pas trop pire: on voit encore le plancher à plusieurs endroits. Les rideaux ont pris un coup de vieux cependant: un drap fleuri, ça flétrit à la longue...

Mais le salon!... Si tu voyais le salon! En fait, on pourrait appeler ça l'autre pièce. *Tout ce qui n'est pas dans les deux autres s'y trouve: bicyclette, fauteuils, chaises de jardin, téléviseur, outils, vadrouille, mets-en! Pour trouver le téléphone, on doit attendre qu'il sonne!...*

Le mieux à faire, ce serait de déménager dans un appartement plus grand. Deux petits salaires, deux bourses d'études, ça devrait suffire. Suite au prochain numéro.

Ce que je veux te dire surtout — je sais que c'est un peu drôle — c'est merci. Pour l'été terrible que tu m'as fait passer. Tu n'y es pour rien peut-être, mais j'en ai couru des kilomètres pour suivre tes péripéties. Et j'en ai appris sur mon métier grâce à toi.

Je n'avais jamais fait de reportage sur un événement au moment même où l'action se déroulait. Ça ressemble à de la télévision en direct. C'est assez facile de parler d'un fait après coup, mais quand la nouvelle se fabrique devant toi, et que tu dois en rendre compte, c'est une autre chanson.

Au procès, j'ai dû rester attentive constamment; c'était stressant. Pas de place pour l'erreur.

Le palais de Justice, je n'y avais encore jamais mis les pieds. Les avocats en toge, la foule qui se presse aux portes, les jurés alignés sur leurs petites chaises droites, les gardiens de sécurité omniprésents, tout ça, c'est impressionnant. Certains jours, je me pensais au théâtre.

Pour moi, un meurtre, c'était un meurtre. Je sais maintenant qu'il y en a plusieurs sortes. Comme les croustilles: homicide involontaire (ordinaire), crime passionnel (sel et vinaigre), meurtre avec préméditation (barbecue), négligence criminelle (ketchup). Ouf!

Si j'ai bien compris ce que m'a expliqué Alex Parker, ton père peut se compter chanceux d'avoir obtenu une peine avec sursis. Heureusement pour vous deux, il a témoigné en votre faveur. Si jamais tu étais mal pris, je pense que tu pourrais l'appeler. C'est un bon bonhomme, Parker.

Ce qui m'a le plus surpris dans cette expérience, c'est le côté spectaculaire de la science. Je ne soupçonnais pas que les recherches étaient aussi avancées. Si je comprends bien, à peu près tout ce qu'on mange et tout ce qu'on touche fait l'objet d'expérimentation constante. C'est fabuleux!

Le journaliste qui supervise mon travail à La Presse est un spécialiste de ces questions. Il ne se passe pas une semaine sans qu'il me fasse part d'une nouvelle découverte.

Il paraît qu'en France on a fait circuler un minitrain électrique pendant plusieurs heures avec de l'électricité produite à partir des bactéries développées dans un verre d'eau. Une cuillerée de sucre dans le verre et tchou! tchou! on part! C'est fou, non?

J'ai aussi appris qu'une compagnie de ton bel État a réussi à faire pousser des *peupliers mutants. Leur code génétique a été modifié pour qu'ils résistent aux herbicides. On devrait le faire avec les marguerites: toute la planète serait pleine de soleils pendant des mois!*

La semaine dernière, j'ai lu un article sur l'insémination artificielle. On y disait qu'un taureau avait 250 000 rejetons. Il n'avait jamais touché à une vache... Une grosse famille, quoi! Mais pour le plaisir, on repassera...

J'arrête ici. Josée arrive. Elle a aussi des choses à te dire. On va la laisser seule avec toi.

Et puis j'ai un autre article que je veux faire lire à François. As-tu besoin d'un dessin? Non? Dommage!...

Porte-toi bien, ne te couche pas trop tard et mets ta tuque si tu sors! Ah! c'est vrai: vous, vous ne connaissez pas ça, l'hiver... Bon surf, alors!

Affection,
Isabelle

***

Allô toi!
À mon tour de te brasser la cage...

Rassure-toi, je ne te gronderai pas. Je sais bien, moi, que si tu n'as pas donné signe de vie, c'est parce que tu n'avais pas envie de le faire.

Ton retour là-bas n'a pas dû être facile. Pas besoin d'un bac en psycho pour comprendre ça. Quand tu seras prêt...

Depuis que tu es parti, il m'arrive souvent de penser à toi. Pas tous les jours quand même, mais régulièrement. Juste assez pour m'ennuyer un petit peu.

En fin de compte, l'idée de Parker n'était pas si mauvaise: le fait que tu sois venu habiter chez moi pendant les procédures judiciaires, ça m'a permis de te connaître un peu plus.

Un beau coquin, ce Parker. Il a bien vu que j'étais curieuse, et que tu m'attirais d'une certaine façon. Il s'est probablement rendu compte aussi de ma tendance à porter le sort du monde sur mes épaules.

J'espère que tu n'as pas trouvé mes parents trop envahissants. Pour eux, leur fille unique, c'est de l'or. Ils me couvent comme un oeuf (comme un zygote?), surtout s'il y a un coq dans la place...

Pour ma part, j'ai bien aimé t'héberger. J'ai découvert quelqu'un, quelqu'un qui se cache sans raison.

Tu es plein de talent, Zygote. Tu as la tête aussi remplie qu'une encyclopédie, et tu parles trois langues. Avec tout ce bagage, il y a sûrement une Californienne qui va craquer. Si tu voulais...

Tu nous as tous un peu marqués, tu sais. Tu as chamboulé notre petite existence tranquille, notre confort mental, *comme dit François.*

Les problèmes de guerre, de race, de religion, c'est facile à régler quand on est assis dans son salon. Mais quand la guerre s'installe dans ta cour, ou que ta soeur se meurt dans la chambre d'à côté, la vidéo s'arrête, et les tripes glougloutent.

Tu nous as fait vieillir, mon Zygote. C'est pour ça qu'on s'est attachés à toi. Enfin, moi, je me suis attachée, et j'aimerais bien te revoir un jour. Comme dans mon rêve de la nuit dernière. Je te raconte.

Je marchais sur une route de campagne. De temps à autre, je regardais derrière moi. Chaque fois, le paysage disparaissait. Au complet: plus un arbre, plus une colline. Même pas la route.

J'avançais de quelques centaines de mètres, je me tournais de nouveau, et tout s'effaçait encore. Après trois ou quatre disparitions du décor, j'ai décidé de marcher sans plus jamais me retourner.

Mais c'était bien tentant de regarder, juste pour voir si le phénomène se reproduirait. C'était même un peu frustrant. À la longue, j'ai arrêté d'y penser et j'ai continué d'avancer sans plus jamais me retourner.

Curieusement, après un certain temps, le paysage du début de ma promenade est réapparu, et tout ce que j'avais vu a défilé sous mes yeux. Seuls des détails avaient changé: un oiseau de plus, un arbre plus vert, un tracteur abandonné dans un champ.

Quand je me suis réveillée, j'étais en pleine forme, toute joyeuse. Comme tu as habité chez nous pendant quelques semaines, tu sais que c'est rare...

Je n'ai pas suivi de cours d'interprétation des rêves. On devrait en donner un au collège. Je vais le proposer à la prochaine réunion du conseil étudiant. Sérieusement.

En attendant d'être spécialiste, je me dis deux choses: la première, c'est que mon rêve, c'est ma façon de voir la vie: ça ne donne rien de regarder en arrière. Tout recommence toujours, en mieux ou en pire.

La deuxième, et c'est la plus importante pour moi, c'est le sentiment que j'éprouvais dans mon rêve: je me sentais bien, très détendue. J'étais calme, capable d'attendre, et toute contente quand le paysage est revenu presque intact.

Voilà! Assez pour aujourd'hui. Je te laisse méditer mes pensées profondes! Profites-en: j'en ai seulement une ou deux par mois...

En terminant — il faut bien finir si on veut recommencer! — je te souhaite un immense bonheur, mon Zygote. Comme celui que j'ai vu sur une affiche la semaine dernière.

On y voyait une assiette vide dans laquelle il ne restait que des miettes; quelqu'un avait tout mangé. Au bas de l'affiche, il y avait une phrase aussi savoureuse que les énormes cornets que tu aimes tant: «Le bonheur, c'est comme le sucre à la crème. Quand on en veut, on s'en fait!»

Kiss you,
Josée xox

Chapitre 12

Là-bas

Santa Barbara, 17 octobre

Bonjour Josée!

J'ai reçu votre belle grande lettre au début de la semaine. J'étais bien content de recevoir des nouvelles de vous tous. De toi surtout.

Dès que j'ai vu l'enveloppe, j'ai su que ça venait de toi et je suis allé m'asseoir au bord de la mer (j'ai un siège réservé). J'ai tout lu deux fois, lentement; une phrase par vague — je deviens poète!

Ça m'a fait beaucoup de bien de vous lire. Parce qu'ici, contrairement à chez vous, il s'en passe des choses. Il m'arrive souvent de me sentir essoufflé, dépassé même.

Je suis en pleine reconstruction: mon physique, mon psychique, ma relation avec mon père, mes études. Quoique mes études, je les ai laissé tomber pour un an. Tu comprendras pourquoi tout à l'heure.

Comment va la santé? Assez bien, merci. Mon père a lâché prise. Maintenant, c'est un centre médical ordinaire qui s'occupe de mon cas.

Avant de me diriger en ophtalmologie, mon médecin a décidé de me faire suivre un programme d'entraînement adapté à mes capacités. Selon lui, il est plus important pour moi de reprendre des forces plutôt que de m'astreindre à soixante examens. Je suis bien d'accord avec lui.

Chaque jour, je fais une longue promenade au bord de la mer en marchant d'un pas rapide. Je fais des progrès. Je me sens mieux, je dors beaucoup et je mange comme un Québécois. Je ne ferai peut-être pas de surf l'été prochain mais...

Aujourd'hui, il fait un peu frais: seulement 19 °C. (Et toc sur la tuque d'Isabelle!) Bref, je devrais survivre. Disons que je suis de plus en plus Eric et de moins en moins

Zygote...

Quant à mon père, il change, lui aussi. Il fait des efforts pour me comprendre. Ça me suffit.

Nous avons longuement discuté depuis les incidents de Montréal. Ce n'est pas facile, ni pour l'un, ni pour l'autre. Nous avions poussé beaucoup de poussière sous le tapis; quand on l'a soulevé, ça ressemblait au salon de François...

De plus, une autre condamnation lui est tombée dessus. Son trafic de foetus lui a valu une amende de 50 000 $ et une peine de six mois de travaux communautaires dans... une pouponnière d'hôpital!

Forcément, il réfléchit à ce qui lui arrive. Il commence à comprendre que ça ne pouvait plus durer, qu'il y a des limites à l'escroquerie, même pour servir une bonne cause. La bonne cause, c'est moi, évidemment!

Nous avons parlé de ma mère aussi. John a enfin admis qu'elle s'était probablement suicidée. Il l'a toujours nié de peur que je ne me suicide à mon tour. Il avait peut-être raison. J'y ai pensé plus d'une fois.

Aujourd'hui, c'est différent. Je ne regar-

de plus le paysage derrière moi, pour reprendre une image de ton rêve. Je regarde devant et je souhaite que mes visions ne soient pas seulement des mirages. Comme on dit chez vous: «Je traverserai le pont quand je serai rendu à la rivière.»

Autrement dit, j'en suis encore à brasser mon sucre à la crème. Il me manque encore un ingrédient: l'amour. J'imagine que je finirai bien par le trouver.

Pour l'instant, je ne m'occupe que de moi. C'est pour ça que je n'ai pas écrit avant.

Josée, j'ai toujours fait ce que les autres voulaient que je fasse. Mon père et ses assistants ont pensé à ma place et ils ont décidé pour moi. Je n'ai jamais protesté, je n'ai jamais élevé la voix.

Et cet été, à Montréal, je me suis retrouvé avec tout plein de sucre collé dans le fond de mon chaudron. Ça s'est mis à chauffer et à sentir le brûlé.

Puis on s'est rencontrés. En quelques semaines, tu m'as appris à faire la vaisselle et à essayer une nouvelle recette. À prendre mon temps, à goûter les ingrédients et à dévorer la vie à belles dents.

C'est ce que j'ai gardé de toi. C'est

mieux qu'un souvenir, mieux qu'une photo qui finit par jaunir.

Tu vas encore me dire que je parle comme un livre. Pas étonnant, j'en écris un! J'y raconte ma courte vie, mes voyages, mes angoisses aussi.

Je n'ai écrit que deux chapitres et déjà je me sens soulagé. Raconter une histoire, imaginer, inventer, c'est peut-être ma façon de pousser mon cri, une occasion de refaire le monde à ma manière, à ma convenance. Je ne sais trop; l'avenir le dira.

John veut m'aider. Il est mon chercheur-conseil. Un instant, j'ai cru qu'il voulait prendre en main la rédaction de mon livre (je suis devenu méfiant). Nous en avons discuté, et il m'a promis de ne pas s'immiscer dans mon travail. Il me prépare des fiches que j'utilise à ma guise. Je n'en demandais pas tant.

Dans quelques mois, quand j'aurai terminé, je t'enverrai le manuscrit. Vous le lirez et vous me direz ce que vous en pensez. L'idéal, bien sûr, serait que vous veniez ici, en Californie. Avec Hugo, dans sa superbe camionnette. Ce serait sûrement un voyage que vous n'oublieriez jamais!...

Je te laisse sur cette suggestion un peu

folle. Salue bien François et Isabelle. Et Hugo; pourquoi pas?

   Écris-moi encore,
   Love,
   Eric Zygote *Lindsman*
   (en voie de révision)

   P.-S.: Mon roman n'est pas très drôle. Ma vie non plus, c'est vrai. Mais plus j'écris, et plus je me rends compte que je peux transformer mon existence: si je prends mes malheurs trop à coeur, je m'empoisonne, et c'est le drame. Par contre, quand je réussis à prendre du recul et à penser à tout cela froidement, j'ai presque envie de rire.

   J'ai trouvé une petite phrase que je vais placer au début du livre pour exprimer ça. Je l'ai vue dans un livre, à Montréal, l'été dernier. L'auteur s'appelle Michel Tremblay. Il disait l'avoir lue sur un papier caché dans un biscuit chinois. La voici: Life is a tragedy for those who feel; life is a comedy for those who think. *À ton tour de méditer.*

   P.-P.-S.: Tu as sans doute trouvé un sachet dans le fond de l'enveloppe. La poudre

156

noire qu'il contient, c'est ce qui reste de mes lunettes que j'ai fracassées avec des galets, la semaine dernière. Ras le bol de voir la vie en noir!

Table des matières

PB93-162

Achevé d'imprimer
sur les presses de Litho Acme Inc.
3e trimestre 1991